Diese Persönliche Chronik ist für:

Das Buch vom

17.

APRIL

Ein ganz besonderer Tag

… ein ganz besonderer Tag

Wie der April zu seinem Namen kam, konnten Sprachwissenschaftler bisher nicht erkunden. Die Bedeutung des lateinischen Ursprungswortes aprilis ist unbekannt. Was vom Aprilwetter zu halten ist, weiß dagegen jedes Kind. Die letzten Rückzugsgefechte des Winters und das Aufblühen des Frühlings machen die Witterung wechselhaft. Für den 17. April verzeichnet der Kalender u.a. die Namenspatrone Rudolf und Eberhardt.
Eine Reihe historischer Ereignisse haben den 17. April immer wieder zu einem wichtigen Tag gemacht:

1521 hielt Martin Luther seine Verteidigungsrede vor dem Reichstag in Worms, die mit den Worten schloß: »Hier stehe ich, ich kann nicht anders.«
1919 gründete Charlie Chaplin mit Kollegen die unabhängige Filmgesellschaft United Artists.
1958 wurde in Brüssel die erste Weltausstellung nach dem Zweiten Weltkrieg eröffnet, die sich der Atomenergie und der Raumfahrt widmete.

Zu den berühmten Geburtstagskindern des 17. April zählen die Schriftsteller Tania Blixen (*1885) und Thornton Wilder (*1897) sowie der sowjetische Parteiführer Nikita Chruschtschow (*1894).

Im Zeichen des Widders

21. März bis 20. April

Der 17. April ist der dritte Tag der dritten Widder-Dekade. Das vom Planeten Mars, dem Planeten des Krieges, beherrschte Sternzeichen zählt zu den Feuerzeichen, denen in der Astrologie Eigenschaften wie Ehrgeiz, Unabhängigkeit und Durchsetzungsvermögen zugewiesen werden.

Ruhe und Gelasssenheit strahlen sie selten aus – die Menschen, die unter dem Sternzeichen des Widders geboren sind. Im Gegenteil: Sie sind ständig in Bewegung und immer auf der Suche nach neuen Anforderungen. Auch sind sie meistens liebenswürdig und fröhlich, doch gehören auch Niedergeschlagenheit und Unsicherheit zu ihren typischen Stimmungslagen. Verlassen kann man sich auf ihre Hilfsbereitschaft und ihr ausgeprägtes Pflichtgefühl. Wegen ihrer Dickköpfigkeit machen es die Widder ihrer Umgebung mitunter recht schwer. Haben sie sich einmal etwas in den Kopf gesetzt, so sind sie auch vernünftigen Argumenten gegenüber wenig aufgeschlossen.

Die Widder lieben die Natur; sie gehen gern spazieren und unternehmen ausgedehnte Wanderungen. Dies wirkt sich positiv auf ihre Gesundheit aus, die allerdings ohnehin recht stabil ist. Denn die Energie der Widder-Geborenen sorgt dafür, daß Krankheiten rasch besiegt werden.

1900–1909

Highlights des Jahrzehnts

1900

- Weltausstellung in Paris
- Niederschlagung des Boxeraufstandes in China
- Uraufführung der Oper »Tosca« von Giacomo Puccini in Rom
- Probefahrt des ersten Zeppelins »LZ 1«

1901

- Die britische Königin Victoria stirbt
- Erste Nobelpreise verliehen
- Thomas Mann veröffentlicht die »Buddenbrooks«
- Mordattentat auf US-Präsident McKinley, Theodore Roosevelt wird Nachfolger

1902

- Beendigung des Burenkrieges in Südafrika
- Krönung Eduards VII. zum König von Großbritannien
- Inbetriebnahme der Transsibirischen Eisenbahn
- Kunstströmung »Jugendstil« auf dem Höhepunkt

1903

- Serbischer König Alexander I. ermordet
- Erste Tour de France
- Erster Motorflug der Brüder Wright
- Kampf der Suffragetten um das Frauenwahlrecht
- Margarethe Steiff präsentiert den »Teddy-Bären«

1904

- Hereroaufstand in Deutsch-Südwestafrika
- Beginn des Russisch-Japanischen Krieges
- Arthur Korn gelingt die erste Bildtelegraphie

1905

- Petersburger »Blutsonntag«
- Tangerbesuch Wilhelms II. führt zur Ersten Marokkokrise
- Albert Einstein entwickelt »Spezielle Relativitätstheorie«
- Künstlergemeinschaft »Die Brücke« wird gegründet

1906

- Revolutionäre Unruhen und erstes Parlament in Rußland
- Roald Amundsen duchfährt die Nordwestpassage
- Dreyfus-Affäre beigelegt
- Erdbeben verwüstet San Francisco

1907

- Pablo Picasso malt »Les Demoiselles d'Avignon« und begründet den Kubismus
- Erste Farbfotografien von Louis Jean Lumière

1908

- Ford baut Modell T (»Tin Lizzy«)
- Österreich-Ungarn annektiert Bosnien und Herzegowina
- Durchbruch der olympischen Idee bei Spielen in London
- 30 000 Jahre alte Statuette (Venus von Willendorf) gefunden

1909

- Robert E. Peary erreicht als erster Mensch den Nordpol
- Louis Blériot überfliegt den Ärmelkanal
- Unruhen in Persien: Schah Mohammed Ali dankt ab

◀ **Opernstar Enrico Caruso als Bajazzo an der New Yorker »Met« (1903)**

Dienstag 17. April

Gesellschaft

Wegen Massenmords an Einheimischen im Kongostaat (Zaire) werden in Brüssel zehn belgische Kaufleute vor Gericht gestellt. Ihnen wird vorgeworfen, viele Schwarze, vornehmlich Frauen und Kinder, gekreuzigt oder verstümmelt zu haben, um Kautschuklieferungen zu erzwingen. Der Kongostaat ist keine belgische Kolonie, sondern wird als persönliches Eigentum des belgischen Königs Leopold II. anerkannt. 1908 verkauft Leopold II. den Kongo jedoch an den belgischen Staat.

»Linie ohne Bauch«: Das Korsett, ein modisches Muß für die elegante Frau

Gesellschaft

In Budapest erhält erstmals eine Frau das Baumeisterdiplom. Die zuständige Prüfungskommission verleiht diesen Berufstitel an Erika Paulus. Mitte des 20. Jahrhunderts wurde die Bezeichnung Baumeister durch den Titel Architekt ersetzt.

Wetter

Gewöhnliches Aprilwetter bietet das Jahr 1900. Die mittlere Lufttemperatur liegt mit 7,7 °C etwas unter dem langjährigen Mittel (8,3 °C).

Mittwoch 17. April

Politik

Der österreichische Thronfolger Erzherzog Franz Ferdinand demonstriert mit der Übernahme des Protektorats über den Katholischen Schulverein in Wien, daß er ein Gegner der alldeutschen »Los-von-Rom«-Bewegung ist. Diese von dem deutschnationalen Politiker Georg Ritter von Schönerer angeführte Gruppierung lehnt den Katholizismus als »undeutsch« ab.

Kultur

Die Berliner Philharmoniker unter ihrem Dirigenten Arthur Nikisch geben erstmals ein Konzert im Wiener Großen Musikvereinssaal. Das 1882 gegründete Orchester hat seit der Verpflichtung Nikischs 1895 einen großen künstlerischen Aufschwung genommen, den es immer häufiger auch auf Konzertreisen unter Beweis stellt.

Gute Figur in Sakkoanzug und Wettermantel: Die Mode für den Herrn

Wetter

Milde Temperaturen von durchschnittlich 9,2 °C locken im April 1901 zu einem Spaziergang im Grünen. Der langjährige Temperaturmittelwert liegt nur bei 8,3 °C.

Donnerstag 17. April

Politik

Ein neues Schulgesetz, das den Staat zur Entlohnung der Religionslehrer verpflichtet, steht im preußischen Abgeordnetenhaus zur Debatte.

Gesellschaft

Unter großer Anteilnahme des Publikums beginnt im ostpreußischen Gumbinnen der Revisionsprozeß gegen zwei Unteroffiziere, die ihren Vorgesetzten erschossen haben sollen. Die Angeklagten waren zunächst mangels Beweisen freigesprochen worden; dann wurde jedoch einer von ihnen in einem fragwürdigen Indizienprozeß zum Tode verurteilt, offenbar, um die Tat nicht ungesühnt zu lassen. Das Militärgericht in Gumbinnen kommt am 30. April zu dem Urteil, daß die Angeklagten unschuldig sind.

Technik

Die für Kaiser Wilhelm II. in New York erbaute Segeljacht »Meteor« trifft im britischen Southampton ein, wo die Inneneinrichtung eingebaut wird.

Wetter

Die Temperatur im April 1902 liegt mit 7,8 °C unter dem langjährigen Mittel (8,3° C).

Freitag 17. April

Politik

In Oberschlesien beschließen die polnischen und deutschen Sozialdemokraten die Aufstellung gemeinsamer Kandidaten für die Reichstagswahlen. Beim Urnengang am 16. Juni kann die SPD im Deutschen Reich einen großen Erfolg erzielen und wird hinter dem katholischen Zentrum zweitstärkste Fraktion im Parlament.

Gesellschaft

Um die Ausbreitung einer Typhusepidemie zu verhindern, werden im holsteinischen Neustadt an der Ostsee alle Schulen geschlossen.

Gesellschaft

Die Bewohner des Tessin feiern das 100jährige Bestehen ihrer Heimat als eigenständiger Kanton der Schweiz. Das vorwiegend italienischsprachige Gebiet wurde mit dem Kantonsstatus den übrigen Kantonsgebieten der schweizerischen Republik in Rechten und Pflichten gleichgestellt.

Wetter

Mantel und Hut sind im April 1903 unbedingt empfehlenswert. Die Durchschnittstemperatur – 6,3 °C – liegt um 2 °C unter dem langjährigen Mittel.

Sonntag 17. April

Gesellschaft

Die USA und Brasilien schließen einen Zollvertrag, der es den Nordamerikanern erlaubt, eine Reihe von Fertigprodukten mit einer Zollermäßigung von 20% nach Brasilien zu exportieren. Die Abmachung erleichtert den USA die Erschließung neuer Märkte im Süden des Kontinents.

Rekorde 1900–1909

400 m: Maxey Long (USA) – 47,8 sec (1900)
Weitsprung: Peter O' Connor (IRL) – 7,61 m (1901)
Stabhochsprung: Walter Dray (USA) – 3,90 m (1908)
Kugelstoßen: R. Rose (USA) – 15,56 m (1909)

Sport

50 000 bis 60 000 Berliner (von fast 1,9 Mio.) widmen ihre Freizeit dem Sport. Dies stellt die »Berliner Illustrierte Zeitung« zum Saisonstart fest. Die Sonntagszeitung merkt außerdem an: »Mit jedem neuen Frühjahr wird die Sportgemeinde größer, immer mehr Leute lernen die Freuden des Sports kennen und schätzen, und vom allzuviel sind wir noch sehr weit entfernt.«

Wetter

Zum Spazierengehen lädt das Wetter im April 1904 ein. Die Durchschnittstemperatur liegt mit 10 °C um 1,7 °C über dem langfristigen Jahresmittel, das 8,3 °C beträgt.

Montag 17. April

Gesellschaft

Ein Gesetz, daß die Arbeitszeit in Bäckereien auf zehn Stunden pro Tag und 60 Stunden pro Woche festlegt, erklärt der Oberste Gerichtshof der USA für nicht verfassungskonform. Die Arbeitszeit liegt in den USA bei bis zu 14 Stunden täglich.

Gesellschaft

In Italien ruft das sozialistische Agitationskomitee die Bahnangestellten zum Streik gegen die geplante Verstaatlichung der Eisenbahnen auf. Weil die Regierung in Rom Maschinisten und Heizer der Marine einsetzt, wird der Ausstand am 21. April ergebnislos abgebrochen.

Gesellschaft

Alle Romane – außer den historischen – müssen aus den Gefängnisbibliotheken entfernt werden; dies verfügt das preußische Justizministerium. Für die Beschaffung neuer Bücher, in erster Linie mit religiösem Inhalt, sind künftig Geistliche zuständig.

Wetter

Der Frühling läßt auf sich warten im April 1905. Die Durchschnittstemperatur liegt mit 6,4 °C um 1,9 °C unter dem langjährigen Mittel.

Dienstag 17. April

Gesellschaft

»Die Geretteten von Courrières« zählen – so berichten die Pariser Zeitungen – zu den neuesten Attraktionen der Hauptstadt. Bei einer Schlagwetterexplosion in den Schachtanlagen von Courrières sind am 10. März 1140 Menschen getötet worden. Die Überlebenden werden nun von Bankett zu Bankett »weitergereicht«.

Politik

Ein Manifest für die Befreiung der Frauen, in dem insbesondere das Wahlrecht für Frauen verlangt wird, gibt die britische Unabhängige Labour Partei heraus. Trotz ihres intensiven Kampfes dürfen die Engländerinnen erst ab 1918 wählen.

Technik

Die Auer-Gesellschaft läßt den Namen OSRAM beim Kaiserlichen Patentamt als Warenzeichen eintragen. Die Bezeichnung steht für eine Lampe mit einem Glühfaden aus Wolfram, der eine höhere Lichtausbeute ermöglicht.

Wetter

Die Temperatur im April 1906 liegt mit 10,5 °C, deutlich über dem Mittel (8,3 °C).

1907

Mittwoch 17. April

Gesellschaft

In den »Schnurrbartstreik« treten die Pariser Caféhauskellner. Um sieben Uhr legen fast alle Kellner in den Cafés die Arbeit nieder und lassen die Gäste »auf dem Trockenen« sitzen. Der geheime Streikbeschluß wurde in der Nacht gefaßt, so daß die Überraschung für Arbeitgeber und Kunden perfekt ist. Die Kellner setzen mit dieser Aktion das Recht durch, sich einen Schnurrbart wachsen zu lassen.

Preise in den Jahren 1900–1909

1 kg Butter	2,46
1 kg Mehl	0,35
1 kg Fleisch	1,55
1 Ei	1,05
1 l Vollmilch	1,00
10 kg Kartoffeln	0,65

in Mark, Stand 1905

Kultur

August Strindbergs Drama »Ein Traumspiel« wird am Svenska Teatern in Stockholm uraufgeführt. Weil der Dramatiker wegen seiner Angriffe auf die bürgerliche Gesellschaft heftigen Anfeindungen ausgesetzt ist, gründet er noch 1907 in Stockholm eine eigene Bühne, das Intime Theater.

Wetter

Kühl und trocken ist das Wetter im April 1907. Es fallen 26,6 mm Niederschlag, das langjährige Mittel läßt 41 mm erwarten.

Freitag 17. April

Politik

Mit einer Drohgebärde – dem Auslaufen seiner Flotte – zwingt Italien die Türkei dazu, die Errichtung von italienischen Postämtern in jenen fünf türkischen Städten (Konstantinopel, Valona, Saloniki, Smyrna, Jerusalem) zu erlauben, in denen bereits einige andere Staaten Postämter unterhalten. Die Türkei, wegen ihrer anhaltenden Regierungskrise der »kranke Mann am Bosporus« genannt, hat Angst vor italienischen Gebietsansprüchen.

Stars der Jahre 1900–1909

Isadora Duncan
Tänzerin
Gustav Mahler
Komponist /Dirigent
Anna Pawlowa
Tänzerin
Sarah Bernhardt
Schauspielerin
Orville /Wilbur Wright
Flieger

Politik

Einstimmig billigt das rumänische Parlament ein Gesetz zur Regelung der Erdölproduktion und der Petroleumpreise. Es soll die Macht der US-amerikanischen Standard Oil Company beschneiden, die bisher die rumänische Ölproduktion beherrscht hat.

Wetter

Recht kühl ist das Wetter im April 1908. Die Durchschnittstemperatur von 6,8 °C liegt deutlich unter dem langjährigen Mittelwert (8,3 °C).

Samstag 17. April

Gesellschaft

Mit einer kostenlosen Überfahrt will das »Kolonialwirtschaftliche Komitee« Prospektoren in die deutschen Schutzgebiete locken. In einem Flugblatt der Vereinigung werden die Aussichten für den Bergbau in den Kolonien in Afrika als vielversprechend bezeichnet.

Politik

Ein 3000 Mann starkes Heer des marokkanischen Sultans Mulah Hafid, das zu einer Strafexpedition gegen den aufständischen Berberstamm der Rifkabylen aufgebrochen war, wird bei Fes angegriffen und vollständig aufgerieben.

Kultur

Das Opernlustspiel »Versiegelt« von Leo Blech wird in Köln uraufgeführt. Obwohl vom Publikum gefeiert, erreicht die Komposition nicht die Bekanntheit, den ihr Schöpfer als Dirigent (seit 1906 an der Berliner Hofoper) für sich beanspruchen kann.

Wetter

Die durchschnittliche Lufttemperatur liegt im April 1909 mit 8,6 °C um 0,3 °C über dem langjährigen Mittelwert von 8,3° C.

1910–1919

Highlights des Jahrzehnts

1910

- Georg V. wird nach dem Tod Eduards VII. britischer König
- Der Halleysche Komet passiert die Erde
- Bürgerliche Revolution beendet Monarchie in Portugal
- Wassily Kandinsky begründet die abstrakte Malerei
- Sieg des Schwarzen Jack Johnson bei Box-WM

1911

- Bürgerkrieg in Mexiko
- »Panthersprung nach Agadir« löst Zweite Marokkokrise aus
- Militärputsch leitet chinesische Revolution ein
- Roald Amundsen gewinnt den Wettlauf zum Südpol

1912

- Erster Balkankrieg
- Woodrow Wilson wird 28. US-Präsident
- Untergang der »Titanic«
- Büste der ägyptischen Königin Nofretete gefunden

1913

- Zweiter Balkankrieg
- Niels Bohr entwirft neues Atommodell
- Größter Bahnhof der Welt (Grand Central Station) in New York eingeweiht

1914

- Österreichs Thronfolger in Sarajevo ermordet
- Ausbruch des Ersten Weltkrieges
- Eröffnung des Panamakanals

1915

- Stellungskrieg im Westen
- Beginn der Ostoffensive
- Charlie Chaplin wird mit »Der Tramp« Star des US-Kinos
- Versenkung der »Lusitania« durch ein deutsches U-Boot

1916

- Schlacht um Verdun
- Osteraufstand in Irland niedergeschlagen
- Seeschlacht vor dem Skagerrak
- Der österreichische Kaiser Franz Joseph I. stirbt
- Rasputin ermordet

1917

- Beginn des uneingeschränkten U-Boot-Krieges
- Zar Nikolaus II. dankt ab
- Oktoberrevolution in Rußland

1918

- US-Präsident Wilson verkündet 14-Punkte-Programm zur Beendigung des Krieges
- Russische Zarenfamilie ermordet
- Waffenstillstand von Compiègne beendet Ersten Weltkrieg
- Novemberrevolution: Kaiser Wilhelm II. dankt ab, Philipp Scheidemann ruft die deutsche Republik aus

1919

- Spartakusaufstand niedergeschlagen
- Rosa Luxemburg und Karl Liebknecht ermordet
- Friedrich Ebert erster Reichspräsident
- Versailler Vertrag

◄ **Schöne Spionin in deutschem Auftrag: Mata Hari wird 1917 erschossen**

1910

Sonntag 17. April

Technik

Der Ballon »Delitzsch« wird in der Nähe von Kassel vom Blitz getroffen und stürzt ab. Die vier Insassen kommen ums Leben. Zwei Wochen vorher sind schon zwei andere Ballonluftschiffe verunglückt; eine weitere Katastrophe erlebt die deutsche Luftfahrt, als am 25. April das Reichsluftschiff »Z II« durch einen Sturm zerstört wird.

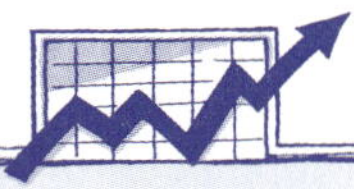

Preise in den Jahren 1910–1919

1 kg Butter	2,74
1 kg Mehl	1,90
1 kg Fleisch	3,00
1 Ei	0,13
1 l Vollmilch	0,25
10 kg Kartoffeln	3,30
Stundenlohn	0,66

in Mark, Stand 1913

Kultur

Das Zürcher Kunsthaus, ein Jugendstilbau des Architekten Karl Moser, öffnet seine Pforten. Das Museum erringt Weltruf vor allem durch seine Gemäldegalerie, in der die Schweizer Maler (u.a. Johann Heinrich Füssli, Arnold Böcklin, Hans Leu, Ferdinand Hodler, Giovanni Segantini) einen Schwerpunkt bilden.

Wetter

Milde Temperaturen locken die Menschen im April 1910 ins Freie. Die Durchschnittstemperatur – 9,3 °C – liegt 1 °C über dem langfristigen Jahresmittelwert.

Montag 17. April

Politik

Im Kampf gegen aufständische Berber geraten die Truppen des marokkanischen Sultans Abd Al Hafis immer stärker unter Druck. Die Rebellen schließen Fes ein, eine der beiden Haupt- und Residenzstädte von Marokko. Als am 19. April französische Truppen auf Seiten des Sultans in die Gefechte eingreifen, löst dies die zweite Marokkokrise aus, weil Spanien und Deutschland um ihre Interessen in Nordafrika fürchten. Im Juli läuft das deutsche Kanonenboot »Panther« den Hafen von Agadir an. Damit greift das Deutsche Reich in den Marokko-Konflikt ein.

Gesellschaft

7000 italienische Arbeiter treffen in den Eisenerzminen im französischen Lothringen ein. Sie sind von offizieller Stelle angeworben worden, weil die einheimischen Arbeitskräfte nicht ausreichen.

Wetter

Einen milden Frühlingsanfang beschert der April 1911. Mit 9,3 °C liegt die Durchschnittstemperatur deutlich über dem langjährigen Mittel (8,3 °C).

Stars der Jahre 1910–1919

David Wark Griffith
Filmregisseur
Mary Pickford
Filmschauspielerin
Enrico Caruso
Sänger
Douglas Fairbanks
Filmschauspieler
Charlie Chaplin
Filmschauspieler

1912

Mittwoch 17. April

Politik

270 streikende Arbeiter der russischen Goldgräbergesellschaft Lena in Sibirien werden von zaristischen Soldaten erschossen, weitere 250 Menschen erleiden Verletzungen. Die Gewehrsalven gegen die Streikenden, die eine Verbesserung ihrer Lebensbedingungen durchsetzen wollen, lösen in ganz Rußland Empörung und später auch revolutionäre Unruhen aus.

Gesellschaft

Die Einrichtung eines Frauenberufsamtes anstelle der vor zwölf Jahren geschaffenen Auskunftsstelle für Fraueninteressen beschließt der Bund deutscher Frauenvereine in Berlin.

Technik

Eine totale Sonnenfinsternis ist über Nordwestdeutschland zu beobachten. Ihren Höhepunkt erreicht die Sonnenfinsternis zwischen 13.20 und 13.40 Uhr.

Wetter

Typisches Aprilwetter herrscht 1912. Die Temperatur erreicht durchschnittlich 8,4 °C und liegt damit um 0,1 °C über dem langjährigen Mittel.

Donnerstag 17. April

Gesellschaft

Der Schutz eines Verbrechers vor Übergriffen durch Passanten ist erst die letzte Aufgabe, die einem Polizeibeamten bei der Verhaftung eines Verdächtigen zufällt. Diese Anweisung erläßt das Berliner Polizeipräsidium.

Kultur

Die Literaturkonvention zwischen dem Deutschen Reich und Rußland – sie regelt das Verfahren bei Übersetzungen und Urheberrechtsproblemen zwischen den Staaten – wird vom Bundesrat in Berlin gebilligt.

Gesellschaft

Zwei Hauer auf Schacht 4 der Zeche »Rhein-Preußen« bei Moers werden getötet, drei weitere verletzt, als sie mit ihren Bohrern auf einen feststeckenden Sprengkörper stoßen und dadurch versehentlich eine Explosion auslösen.

Wetter

Milde Temperaturen laden im April 1913 zum Spazierengehen ein. Die Durchschnittstemperatur liegt mit 9,9 °C deutlich über dem langjährigen Mittelwert (8,3 °C).

Freitag 17. April

Gesellschaft

Die Frage einer Entmündigung von Alkoholikern ist wichtigstes Diskussionsthema auf der dreitägigen Konferenz für Trinkerfürsorge, die in Berlin beginnt. Die Tagungsteilnehmer plädieren dafür, daß ein Kreis von Abstinenzlern als Betreuer für Alkoholiker zur Verfügung gestellt werden solle, weil die oft praktizierte Entmündigung allein keineswegs zu einer Heilung vom Alkoholismus beitrage.

Die Herrenkleidung wird sportlicher. Dazu gehört der weiche Hut

Politik

Ein Bombenanschlag radikaler Frauenrechtlerinnen richtet an der Pier von Great Yarmouth in der britischen Grafschaft Norfolk erheblichen Sachschaden an. Die sog. Suffragetten kämpfen für die Einführung des Frauenwahlrechts.

Wetter

Der Frühling hat sich durchgesetzt im April 1914. Mit 11,2 °C liegt die durchschnittliche Temperatur um einiges über dem langjährigen Mittelwert, der 8,3° C beträgt.

Samstag 17. April

Politik

Die Landsturmpflicht wird in Österreich-Ungarn auf die Zeit vom 18. bis zum 50. Lebensjahr erweitert. Bislang galt sie für 19- bis 42jährige.

Politik

Die chilenische Regierung protestiert in London gegen Angriffe britischer Schiffe auf den deutschen Kreuzer »Dresden« in den neutralen chilenischen Hoheitsgewässern. Am 14. März hatte der Kommandant der »Dresden« sein Schiff nach Attacken der Briten versenken lassen. Die »Frankfurter Zeitung« kommentierte: »Seit Kriegsbeginn ... war die ›Dresden‹ in aufreibender Fahrt über die Meere gekreuzt, in ständiger Kampfbereitschaft, in rastloser treuer Arbeit für die Ehre der deutschen Flagge und zum Schaden unserer Feinde.«

Das praktische Sportkleid für die Jagd und für Bergtouren

Wetter

Keine Überraschungen bietet das Wetter im April 1915. Die Durchschnittstemperatur – 8,6 °C – liegt kaum über dem langjährigen Mittelwert (8,3 °C).

Montag 17. April

Politik

Bei der Sprengung des Côl di Lana-Gipfels bei Meran durch italienische Pioniere kommen 200 österreichische Kaiserjäger ums Leben. Der seit Mai 1915 schwer umkämpfte Berg wird von den Italienern Côl di Sangue (Blutberg) genannt.

Politik

Kaiserin Auguste Viktoria begrüßt in Saßnitz auf der Ostseeinsel Rügen 58 deutsche sowie 150 österreichische und ungarische Soldaten, die im Austausch gegen russische Kriegsgefangene freigelassen worden sind.

Gesellschaft

In Bayern werden Milchkarten eingeführt. Kinder unter zwei Jahren sowie stillende Mütter erhalten täglich einen Liter, Frauen und Jugendliche bis 16 Jahren täglich einen halben Liter Milch. Männer haben Anspruch auf einen Viertelliter täglich.

Wetter

Tulpen und Narzissen können sich im April 1916 gut entfalten. Die Durchschnittstemperatur erreicht 9,5 °C und liegt damit deutlich über dem langjährigen Mittel (8,3 °C).

Dienstag 17. April

Politik

Seine »Aprilthesen« über die Aufgaben der Revolution erläutert der am Vortag aus dem Schweizer Exil zurückgekehrte Wladimir I. Lenin in Petrograd (St. Petersburg) vor den Bolschewiken und Teilnehmern des Rätekongresses. Er fordert, daß der bürgerlichen Revolution vom Februar nun eine sozialistische Umwälzung folgen müsse.

Politik

Gespräche über eine Beendigung des Krieges führen eine Gruppe deutscher Sozialdemokraten und Zentrumspolitiker sowie Mitglieder des russischen Arbeiterrates in Stockholm.

Gesellschaft

Ein Gesetz gegen Alkoholgenuß unterzeichnet der Gouverneur des US-Bundesstaates New Hampshire. Auch in anderen Bundesstaaten gibt es Prohibitionsverordnungen, 1920 werden sie auf das ganze Land ausgeweitet.

Wetter

Empfindlich kühl ist der April 1917. Die Durchschnittstemperatur erreicht nur 5,4 °C und liegt damit 2,9 °C unter dem langjährigen Mittel.

Mittwoch 17. April

Politik

Nach dem Friedensschluß von Brest-Litowsk zwischen Rußland und den Mittelmächten am 3. März steht der Wiederaufnahme voller diplomatischer Beziehungen zwischen dem Deutschen Reich und Rußland nichts mehr im Wege. Wie das Volkskommissariat für Auswärtige Angelegenheiten in Moskau der Reichsregierung mitteilt, ist man auf das Eintreffen der deutschen diplomatischen Abordnung vorbereitet und kann ein Haus zur Verfügung stellen.

Rekorde 1910–1919

Schwimmen: H. Hebner (USA) – 1:20,8 min/ 100 m Rücken (1912)
100 m: Nina Popowa (RUS) – 13,1 sec (1913)
Hochsprung: C. Larson (USA) – 2,03 m (1917)
Speerwerfen: Jonni Myyrä (FIN) – 66,10 m (1919)

Gesellschaft

Vor falschen 50-Mark-Scheinen, die in Berlin in Umlauf gekommen sind, warnt das Reichsbankdirektorium. Für sachdienliche Hinweise auf die Fälscher wird eine Belohnung von 3000 Mark ausgesetzt.

Wetter

Im April des letzten Kriegsjahres 1918 gibt das Wetter Anlaß zur Freude: Die Durchschnittstemperatur liegt mit 11,4 °C um 3,1 °C über dem langjährigen Mittelwert.

1919

Donnerstag 17. April

Politik

In Wien scheitert der kommunistische Gründonnerstagsputsch. Ausgangspunkt des Aufruhrs ist eine Demonstration von über 10 000 Arbeitslosen, Kriegsversehrten und -heimkehrern, die vor dem Parlament eine Verbesserung ihrer sozialen Lage sowie die Errichtung einer Räterepublik nach ungarischem Vorbild fordern und das Gebäude zu stürmen versuchen. Die gemäßigten Arbeiter- und Soldatenräte lösen schließlich die Kundgebung auf.

Gesellschaft

Per Gesetz wird in Frankreich grundsätzlich der Acht-Stunden-Tag eingeführt.

Kultur

Charlie Chaplin, Douglas Fairbanks, Mary Pickford, David Wark Griffith und weitere Größen des Filmgeschäfts gründen die Produktions- und Verleihgesellschaft United Artists. Auslöser sind Pläne einiger Produktionsfirmen, die hohen Gagen der Stars herabzusetzen.

Wetter

Im April fallen mit 62 mm Niederschlag 21 mm mehr als im langjährigen Mittel.

1920–1929

Highlights des Jahrzehnts

1920

- Prohibition: Alkoholverbot in den USA
- NSDAP verabschiedet ihr Programm
- Kapp-Putsch scheitert
- Erstmals Salzburger Festspiele

1921

- Alliierte besetzen das Rheinland
- Hitler wird NSDAP-Vorsitzender
- Hormon Insulin entdeckt
- Rudolph Valentino wird Frauenidol
- Vertrag von Sèvres bedeutet Ende des Osmanischen Reichs

1922

- Hungersnot in Rußland
- »Deutschlandlied« wird zur Nationalhymne erklärt
- Mussolinis Marsch auf Rom
- Gründung der UdSSR
- Grab des Tutanchamun entdeckt
- Deutsch-russische Annäherung durch Vertrag von Rapallo
- Gründung der BBC
- Johnny Weissmuller stellt über 100 m Kraul den ersten seiner 67 Weltrekorde auf (58,6 sec)

1923

- Franzosen besetzen Ruhrgebiet
- Hitlers Putschversuch scheitert
- Währungsreform beendet Inflation im Deutschen Reich
- Die Türkei wird Republik

1924

- Erstmals Olympische Winterspiele
- Revolutionsführer Lenin stirbt
- Dawes-Plan lockert finanzielle Zwänge für Deutschland
- VIII.Olympische Spiele: Läufer Paavo Nurmi gewinnt 5 Goldmedaillen

1925

- Einparteiendiktatur in Italien
- Neugründung der NSDAP
- Hindenburg wird nach dem Tod Eberts Reichspräsident
- Europäische Entspannung durch Locarno-Pakt
- Joséphine Baker wird im Bananenröckchen zum Weltstar

1926

- Japans Kaiser Hirohito besteigt den Thron
- Militärputsch Pilsudskis in Polen
- Walt Disneys Mickey Mouse erblickt das Licht der Welt
- Deutschland im Völkerbund

1927

- Stalin entmachtet politische Gegner
- Charles Lindbergh überfliegt den Atlantik
- Uraufführung des Films »Metropolis« von Fritz Lang

1928

- Briand-Kellogg-Pakt zur Kriegsächtung unterzeichnet
- Alexander Fleming entdeckt das Penicillin
- »Dreigroschenoper« von Brecht und Weill uraufgeführt
- Erste Transatlantik-Fluglinie

1929

- Youngplan regelt Reparationen
- »Schwarzer Freitag« in New York löst Weltwirtschaftskrise aus
- Erste Oscar-Verleihung in Hollywood
- Antikriegs-Roman »Im Westen nichts Neues« von Erich Maria Remarque

◀ **Der Charleston erobert in den 20er Jahren weltweit die Tanzsäle**

Samstag 17. April

Politik

Im tschechoslowakischen Marienbad wird der Anarchist Max Hölz festgenommen, der mit seiner etwa 1000 Mann starken Roten Armee bis zum Einrücken der Reichswehr am 14. April das sächsische Vogtland kontrolliert und eine Räterepublik ausgerufen hat. Die Tschechoslowakei verweigert die Auslieferung des Revolutionärs; 1921 wird Hölz – nach seiner Teilnahme am Märzaufstand in Mitteldeutschland – zu lebenslanger Haft verurteilt, kommt aber 1928 durch eine Amnestie wieder frei. Der Märzaufstand ist durch schwere Straßenkämpfe, Plünderungen und Gewalttaten gekennzeichnet.

Tiefe Taille und schmale Silhouette: Mode im Zeichen von Art déco

Gesellschaft

Frankreich stellt die Handelsfreiheit mit den Ländern Mitteleuropas, die dem allgemeinen Zolltarif unterworfen sind, wieder her.

Wetter

Der Regenschirm ist im April 1920 ein wichtiges Utensil. Die Niederschlagsmenge erreicht 103 mm; der langjährige Mittelwert liegt nur bei 41 mm.

Sonntag 17. April

Politik

Einen Anschluß Österreichs an das Deutsche Reich verlangen Demonstranten auf dem Wiener Rathausplatz. Bundeskanzler Michael Mayr mahnt jedoch, solche Forderungen zumindest solange hintanzustellen, bis die 1918 gegründete Republik Österreich von den Alliierten Kredite zum wirtschaftlichen Wiederaufbau erhalten habe und mit dieser Unterstützung ihre Leistungsfähigkeit unter Beweis stellen könne.

Politik

In Paris tritt eine Kommission der Alliierten zusammen, die über Maßnahmen für den Fall berät, daß Deutschland seinen Reparationszahlungen nicht nachkommt. Einer der vorgelegten Pläne sieht zur Sicherung der Wiedergutmachungen die Besetzung des Ruhrgebiets vor. 1923 marschieren die Franzosen im Ruhrgebiet ein.

Vornehm und doch lässig: Burberry aus imprägniertem Baumwollstoff

Wetter

Milde 9,2 °C erreicht die Durchschnittstemperatur im April 1921. Der langjährige Mittelwert liegt bei 8,3 °C.

Montag 17. April

Politik

Der rechtsradikale Politiker Wolfgang Kapp, dessen Putschversuch gegen die Reichsregierung im März 1920 durch einen Generalstreik vereitelt wurde, stellt sich – aus Schweden kommend – in Saßnitz auf Rügen den deutschen Behörden. Der 64jährige stirbt am 12. Juni an den Folgen einer Augenoperation, noch bevor der Prozeß gegen ihn eröffnet worden ist.

Stars der 20er Jahre

Buster Keaton
Filmschauspieler
Johnny Weissmuller
Schwimmer
Rudolph Valentino
Filmschauspieler
Joséphine Baker
Tänzerin
Charles Lindbergh
Flieger

Politik

Michael Collins, der Führer der katholischen Untergrundorganisation Irisch-Republikanische Armee (IRA), entgeht in Dublin unverletzt einem Mordanschlag. Das Attentat löst in Irland Unruhen aus. Bei den Auseinandersetzungen stehen sich Gruppen gegenüber, die im Befreiungskrieg gegen Großbritannien gemeinsam gekämpft haben, nun über die Zukunft von Nordirland aber uneins sind.

Wetter

Für die Jahreszeit zu kühl ist das Wetter im April 1922. Statt der zu erwartenden 8,3 °C erreicht die Durchschnittstemperatur lediglich 6,2 °C.

Dienstag 17. April

Politik

Reichspräsident Friedrich Ebert erläßt eine zweite Verordnung gegen deutsche Kollaborateure im besetzten Ruhrgebiet. Belgische und französische Truppen sind im Januar ins Ruhrgebiet einmarschiert, um die Kohlelieferungen zu sichern, die zu den deutschen Reparationsverpflichtungen zählen.

Politik

Ohne Partei- und Regierungschef Wladimir I. Lenin, der im März einen Schlaganfall erlitten hat, beginnt in Moskau der XII. Parteitag der Kommunistischen Partei. Hauptthema sind die Wirtschaftsprobleme der UdSSR. Leo D. Trotzki, Volkskommissar für Verteidigung, verlangt eine stärkere Förderung der sowjetischen Industrie, deren Produktion auf ein Siebtel der Leistung vor 1918 abgesunken ist.

Technik

Auf der Strecke Hamburg-Kopenhagen wird der Flugverkehr aufgenommen.

Wetter

Mit 7,3 °C bleibt im April 1923 die Durchschnittstemperatur 1 °C unter dem langjährigen Mittel.

Donnerstag 17. April

Gesellschaft

Reichsbankpräsident Hjalmar Schacht übernimmt zusätzlich die Leitung der neuen Deutschen Golddiskontbank, die in enger Verbindung mit der Reichsbank steht. Die Golddiskontbank soll Kredite in ausländischer Währung für die deutsche Industrie aufnehmen, damit diese sich mit den notwendigen Rohstoffen versorgen kann. Als rohstoffarmes Land ist Deutschland auf die Lieferungen angewiesen.

Rekorde in den 20er Jahren

Schwimmen: J. Weissmuller (USA) – 58,6 sec/ 100 m Freistil (1922)
10 000 m: P. Nurmi (FIN) – 30:06,1 min (1924)
1500 m: O. Peltzer (GER) – 3:51,0 min (1926)
Kugelstoßen: Emil Hirschfeld (GER) – 16,04 m (1928)

Gesellschaft

Auch sechs Jahre nach dem Ende der österreichisch-ungarischen Doppelmonarchie schenkt die Presse der Familie des 1922 verstorbenen Kaisers Karl I. große Aufmerksamkeit. Österreichische Zeitungen berichten ausführlich über das Leben von Ex-Kaiserin Zita im spanischen Exil.

Wetter

Das Wetter im April 1924 ist erheblich zu kalt. Mit durchschnittlich 6,2 °C liegen die Temperaturen deutlich unter dem langjährigen Mittel (8,3° C).

Freitag 17. April

Gesellschaft

Die Sozialistischen Arbeiterjugendvereine beginnen in Hildesheim ihren dreitägigen Reichsjugendtag. Zwei Tage lang diskutieren die Delegierten die Rolle der Jugend in einer sozialistischen Gesellschaft und kommen zu dem Schluß, daß etwas Neues entstehen müsse – »ein neuer Mensch, ein neues Volk, ein neuer Staat, ein neuer Glaube«.

Politik

Die Kommunistische Partei Koreas wird in Seoul gegründet.

Technik

Das durch einen Sturm in Not geratene britische Luftschiff »R III« landet nach 29stündiger Irrfahrt an seinem Ausgangspunkt Pulham. Die glückliche Heimkehr verdankt die Besatzung auch der gut funktionierenden Radiofunkverbindung, über die vom Boden aus Hinweise für Reparatur und Steuerung des Luftschiffs gegeben wurden.

Wetter

Mäßig warm ist das Wetter im April 1925. Die Durchschnittstemperatur von 9,2 °C übersteigt den langjährigen Mittelwert um 0,9 °C.

Samstag 17. April

Gesellschaft

Eine stärkere Beteiligung der Arbeiter an den Entscheidungsprozessen in der Wirtschaft fordert der Vorsitzende der Christlichen Gewerkschaften, Adam Stegerwald, auf einem Kongreß seiner Organisation in Dortmund.

Gesellschaft

Die erste deutsche Kriminalkommissarin nimmt in Frankfurt am Main ihren Dienst auf.

Kultur

Die Direktoren von drei Berliner Theatern – Max Reinhardt (Deutsches Theater und Kammerspiele), Victor Barnowsky (Theater in der Königgrätzer Straße) und Eugen Robert (Berliner Theater) – schließen ihre Bühnen zu einer Arbeitsgemeinschaft zusammen. Sie wollen ein gemeinsames Ensemble bilden, die Spielpläne aufeinander abstimmen und die Abonnementspreise senken – das Theater also kundenfreundlicher machen.

Wetter

Milde Temperaturen locken im April 1926 ins Freie. Durchschnittlich werden 10,9 °C erreicht; das langjährige Mittel liegt nur bei 8,3 °C.

Sonntag 17. April

Politik

Der US-amerikanische Politiker Alfred E. Smith, Bewerber um die Präsidentschaftskandidatur der Demokratischen Partei, bestreitet Vorwürfe, seine Zugehörigkeit zum Katholizismus werde seine Entscheidungen als Präsident beeinflussen. In den USA, in der Vergangenheit immer wieder ein Einwanderungsland für religiöse Dissidenten aus den europäischen Staaten, werden Katholiken nach wie vor mit einem gewissen Mißtrauen betrachtet.

Zum Osterfest wird ein Bericht des Völkerbundes diskutiert, in dem Möglichkeiten für eine Terminreform dieses Feiertages erörtert werden. Vorgeschlagen wird, Ostern jeweils am zweiten Sonntag im April zu feiern.

Politik

In einem Artikel für die »Kölnische Zeitung« fordert der deutsche Außenminister Gustav Stresemann zu einer »freiwilligen Initiative« für die Räumung des Rheinlands auf. Die Presse in Frankreich weist dieses Ansinnen strikt zurück, solange noch Reparationszahlungen offen sind.

Wetter

Recht kühl ist das Wetter im April 1927. Die Durchschnittstemperatur von 7,2 °C liegt deutlich unter dem langjährigen Mittel (8,3 °C).

Dienstag 17. April

Gesellschaft

Der Publizist Carl von Ossietzky und der Journalist Berthold Jacob werden in einer Berufungsverhandlung in Berlin wegen Beleidigung der Reichswehr zu Geldstrafen verurteilt. Die Angeklagten haben in einem Artikel in der »Weltbühne« einen Zusammenhang zwischen einem Fememordprozeß und Hintermännern in der Führungsspitze der Reichswehr hergestellt.

Politik

Das britische Unterhaus lehnt mit 192 gegen 119 Stimmen den Antrag ab, die Todesstrafe bei Fahnenflucht aufzuheben. Ebenso wird eine Initiative abgewiesen, den Einsatz von Truppen gegen die Zivilbevölkerung bei einem Aufstand zu verbieten.

Kultur

Der Gedichtband »Herz auf Taille« von Erich Kästner mit Zeichnungen von Erich Ohser erscheint im C. Weller-Verlag in Leipzig.

Wetter

Der Jahreszeit angemessen ist das Wetter im April 1928. Die Temperatur liegt um 0,2 °C unter dem langjährigen Mittel (8,3 °C).

Mittwoch 17. April

Politik

Die Revision der deutsch-polnischen Grenze und die Rückgabe der Kolonien als Vorbedingungen für die Reparationsregelung verlangt – leicht verklausuliert – Reichsbankpräsident Hjalmar Schacht, der Vertreter des Deutschen Reichs bei den Sachverständigenverhandlungen über die Neuregelung der Reparationsfrage in Paris.

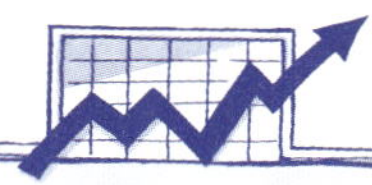

Preise in den 20er Jahren

1 kg Butter	3,60
1 kg Mehl	0,50
1 kg Fleisch	2,50
1 Ei	0,20
10 kg Kartoffeln	0,80
Stundenlohn	0,93

in RM, Stand 1926 (ohne Inflationsjahre)

Gesellschaft

Die hohe Arbeitslosigkeit im Deutschen Reich resultiere aus dem Kapitalmangel, der wiederum eine Folge der hohen Reparationslasten sei. Diese Ansicht vertritt der Vorsitzende des Deutschen Industrie- und Handelstags, Franz von Mendelssohn, auf einem Treffen seiner Organisation in Berlin. Insgesamt zeichnet der Wirtschaftsführer ein düsteres Bild von der Lage der Weltwirtschaft.

Wetter

Der Winter gibt im April 1929 ein spätes Gastspiel. Die Durchschnittstemperatur liegt bei 4,8 °C und damit 3,5 °C unter dem langjährigen Mittel.

1930–1939

Highlights des Jahrzehnts

1930

- Mahatma Gandhi startet Salzmarsch
- Marlene Dietrich avanciert im Film »Der Blaue Engel« zum Weltstar
- Uruguay wird erster Fußballweltmeister
- Max Schmeling durch Disqualifikationssieg Boxweltmeister im Schwergewicht

1931

- Spanien wird Republik
- Vorführung des Ganzmetallflugzeugs »Ju 52« (»Tante Ju«)
- Empire State Building höchstes Gebäude der Welt
- Mafia-Boß Al Capone hinter Gittern

1932

- Staatsstreich in Preußen
- Wahlsieg der NSDAP
- Chaco-Krieg um Erdöl zwischen Bolivien und Paraguay
- Proklamation des Staates Saudi-Arabien

1933

- Adolf Hitler zum Reichskanzler ernannt
- Reichstagsbrand in Berlin
- Ermächtigungsgesetz in Kraft
- Deutsche Studenten verbrennen »undeutsche« Literatur

1934

- Nationalsozialistischer Volksgerichtshof gegründet
- »Röhm-Putsch« niedergeschlagen
- Mord an Bundeskanzler Dollfuß – Ende der 1. Republik Österreich
- Maos Kommunisten in China auf dem »Langen Marsch«

1935

- Judenverfolgung mit sog. Nürnberger Gesetzen
- Italien marschiert in Äthiopien ein
- Porsche baut Prototyp für VW »Käfer«
- Deutsch-britisches Flottenabkommen

1936

- Beginn des Spanischen Bürgerkriegs
- Volksfrontregierung in Frankreich
- Ausstellung »Entartete Kunst«
- XI. Olympische Spiele in Berlin zur NS-Propaganda genutzt
- Margaret Mitchell veröffentlicht »Vom Winde verweht«
- Schauprozesse in der UdSSR

1937

- Krieg zwischen Japan und China
- Georg VI. in London gekrönt
- Zeppelin LZ »Hindenburg« explodiert in Lakehurst
- Niederländische Kronprinzessin Juliana heiratet Prinz Bernhard

1938

- »Anschluß« Österreichs ans Deutsche Reich
- Münchner Abkommen soll Hitler bezähmen
- Terror gegen Juden in der »Reichskristallnacht«
- Otto Hahn gelingt erste Atomspaltung

1939

- Deutsche Truppen marschieren in Prag ein
- Hitler-Stalin-Pakt
- Beginn des Zweiten Weltkrieges

◀ **Gewaltfreiheit als Prinzip: Mahatma Gandhi auf seinem »Salzmarsch« (1930)**

Donnerstag 17. April

Politik

Thüringen erhält wieder Geld vom Reich für seine Landespolizei. Die Mittel sind im März gesperrt worden, weil Innenminister Joseph Wirth befürchtete, die Thüringer Polizei könnte zu einer staatsfeindlichen nationalsozialistischen Organisation ausgebaut werden. Die Landesregierung hat nun aber versichert, daß sie keine Nationalsozialisten mehr in die Polizei aufnehmen werde.

Stars der 30er Jahre

Louis Armstrong
Trompeter
Marlene Dietrich
Filmschauspielerin
Greta Garbo
Filmschauspielerin
Fred Astaire
Tänzer/Schauspieler
Sonja Henie
Eiskunstläuferin

Politik

Einen Überschuß von fast 1 Mio. Reichsmark hat der Freistaat Anhalt im abgelaufenen Haushaltsjahr erzielt. Dies geht aus dem Abschlußbericht hervor, den Ministerpräsident Heinrich Deist dem Landtag in Dessau vorlegt. Mit seiner Bilanz stellt Anhalt die Ausnahme unter den meist hochverschuldeten deutschen Ländern dar.

Wetter

Etwas zu trocken ist der April 1930. Es fallen 35 mm Niederschlag, 6 mm weniger als nach dem langjährigen Mittelwert zu erwarten ist.

Freitag 17. April

Politik

Die katalanische Führung in Barcelona erklärt den Verzicht auf die Gründung einer Republik, nachdem die Regierung in Madrid Katalonien den Status einer autonomen Provinz zugesichert hat.

Politik

Der französische Außenminister Aristide Briand regt die Gründung einer mitteleuropäischen Wirtschaftskooperation an. Der Vorschlag gilt als Gegenprojekt zur geplanten deutsch-österreichischen Zollunion, die – wie die Nachbarstaaten fürchten – ein Schritt zur Vereinigung beider Länder sein könnte.

Kultur

Das Prädikat »volksbildend« verleiht die Berliner Filmprüfstelle dem Lehr- und Aufklärungsfilm »Heilende Hände«. Der Streifen enthält Originalaufnahmen aus dem Berliner Virchow-Krankenhaus und der Charité.

Wetter

Viel zu kalt ist das Wetter im April 1931. Die Durchschnittstemperatur liegt mit 6 °C erheblich unter dem langjährigen Mittel (8,3° C).

Sonntag 17. April

Politik

Der Landtag in Oldenburg wird durch einen Volksentscheid aufgelöst, den Kommunisten und Nationalsozialisten initiiert haben. In Sachsen lehnt die Bevölkerung eine entsprechende Initiative ab.

Politik

Die Sklaverei in seinem Land will Kaiser Haile Selassie I. von Abessinien (Äthiopien) beenden. Der Menschenhandel wird künftig unter Strafe gestellt. Allerdings werde, so der Kaiser, die endgültige Beseitigung des Sklavenhandels vermutlich einige Zeit dauern.

Sport

Mit einem Streckenrekord – einer Durchschnittsgeschwindigkeit von 89,821 km/h – gewinnt der Italiener Tazio Nuvolari auf Alfa Romeo in Monte Carlo den Großen Preis von Monaco vor dem Deutschen Rudolf Caracciola auf Alfa Romeo und Luigi Fagioli (Italien) auf Maserati.

Wetter

Der Jahreszeit entspricht das Wetter im April 1932. Mit 8,3 °C entspricht die Durchschnittstemperatur genau dem langjährigen Mittelwert.

Montag 17. April

Gesellschaft

Wegen des antijüdischen Berufsbeamtengesetzes vom 7. April legt der Physiknobelpreisträger James Franck seine Professur in Göttingen und sein Amt als Direktor des II. Physikalischen Instituts nieder, obwohl er selbst als Frontkämpfer eine Ausnahmeregelung in Anspruch nehmen könnte. Am 24. April kritisieren 42 Göttinger Hochschullehrer Francks Rücktritt als »Sabotageakt«.

Gesellschaft

In Paris gibt es erstmals Coca-Cola zu kaufen. Die koffeinhaltige Limonade, in den USA seit 1886 im Handel, setzt damit ihren Siegeszug um die Welt fort. Die erste Rezeptur des Erfrischungsgetränks enthielt noch das Rauschmittel Kokain. Dies wurde jedoch bald aus der Liste der Inhaltsstoffe gestrichen. Die Rezeptur blieb aber weiterhin ein Geheimnis.

Preise in den 30er Jahren

1 kg Butter	2,96
1 kg Mehl	0,47
1 kg Fleisch	1,60
1 l Vollmilch	0,23
1 Ei	0,10
10 kg Kartoffeln	0,90
1 kg Kaffee	5,33
Stundenlohn	0,78

in RM, Stand 1934

Wetter

Der Frühling läßt im April 1933 noch auf sich warten. Die Durchschnittstemperatur von 7,4 °C liegt um 0,9 °C unter dem langjährigen Mittel.

Dienstag 17. April

Politik

Eine »natürliche Verantwortung« für die Aufrechterhaltung des Friedens im Fernen Osten nimmt Japan in einer Erklärung des Außenministeriums für sich in Anspruch. Die Einmischung fremder Mächte in dieser Region wird strikt abgelehnt. Japan, das bereits Korea und die Mandschurei besetzt hat, strebt eine weitere Ausdehnung nach China an.

Figurbetonte Eleganz in den 30er Jahren: Kostüm aus Wollstoff mit Lederpaspeln

Politik

Die NSDAP richtet eine parteiamtliche Prüfungskommission zum Schutz des nationalsozialistischen Schrifttums ein. Sie soll dafür sorgen, daß die Nazi-Literatur künftig einer festen programmatischen Linie entspricht. Im Mai 1933 waren in zahlreichen deutschen Städten Bücher verbrannt worden, deren Autoren angeblich »undeutsches« Gedankengut verbreiteten.

Wetter

Zum Spazierengehen laden die Temperaturen im April 1934 ein. Mit durchschnittlich 11,5 °C liegen sie um 3,2 °C über dem langjährigen Mittelwert.

Mittwoch 17. April

Politik

Der Völkerbund in Genf verurteilt die Wiedereinführung der allgemeinen Wehrpflicht im Deutschen Reich, weil dadurch der Versailler Friedensvertrag verletzt wird. Den Antrag für die Mißbilligung haben Großbritannien, Frankreich und Italien eingebracht. Das deutsche Außenministerium weist den Antrag förmlich zurück. Die anderen Staaten besitzen keine wirksamen Mittel, um Deutschlands Wiederaufrüstung zu stoppen. Der Völkerbund erweist sich in diesem Fall somit als »zahnloser Tiger«.

Der Herr liebt es eher klassisch: Sommersakko aus hellem Fischgrät

Kultur

Der Operettenfilm »Zigeunerbaron« zu der Musik von Johann Strauß ist in Berlin erstmals zu sehen. Unter der Regie von Karl Hartl spielen u.a. Adolf Wohlbrück, Hansi Knoteck, Fritz Kampers und Rudolf Platte.

Wetter

Der Regenschirm ist im April 1935 unverzichtbar. Es fallen 105 mm Niederschlag, zweieinhalbmal soviel wie nach dem Mittel (41 mm) zu erwarten wäre.

Freitag 17. April

Gesellschaft

Die österreichische Wirtschaftspolizei übernimmt die Untersuchungen zum Bankrott der Versicherungsgesellschaft Phoenix. Dabei stellt sich heraus, daß nicht nur bei den Prämienreserven eine Unterdeckung von umgerechnet 306 Mio. Reichsmark bestand, sondern daß die Gesellschaft auch jahrelang Bestechungsgelder an Zeitungen und Regierungsbeamte gezahlt hat.

Gesellschaft

Bei einem überraschenden Schneesturm im Schwarzwald kommen fünf britische Schüler ums Leben, die mit ihrer Schulklasse auf Wanderfahrt waren.

Kultur

Die Operette »Mädel ahoi!« von Walter Kollo und Theo Halton hat am Deutschen Nationaltheater Osnabrück Premiere.

Wetter

Den Erwartungen entspricht das Wetter im April 1936. Die Durchschnittstemperatur liegt mit 7,6 °C etwas unter dem langjährigen Mittelwert, der 8,3 °C beträgt.

Samstag 17. April

Politik

Das britische Handelsschiff »Mary Llewellyn« mit Versorgungsgütern für die in Nordspanien von dem restlichen republikanischen Territorium abgetrennten Kämpfer für die Republik an Bord wird von nationalspanischen Kriegsschiffen, der Flotte der Faschisten, am Einlaufen in den Hafen von Gijon gehindert. Wenige Tage später gelingt der »Mary Llewellyn« die Landung in Bilbao.

Gesellschaft

»Baut Jugendherbergen und Heime!« So lautet der Aufruf von Rudolf Hess, dem Stellvertreter des »Führers«, zum Reichswerbe- und Opfertag für das Jugendherbergswerk.

Kultur

In Prag wird die Operette »Das Testament von Tante Karoline« von Albert Roussel erstmals in deutscher Sprache aufgeführt. Der Komponist ist ein Vertreter des französischen Neoklassizismus.

Wetter

Etwas wärmer als gewöhnlich ist das Wetter im April 1937. Die Temperatur von 8,8 °C liegt 0,5 °C über dem langjährigen Mittelwert.

Sonntag 17. April

Gesellschaft

Im Petersdom in Rom wird feierlich die Heiligsprechung dreier Personen aus dem 16. Jahrhundert begangen. Heiliggesprochen werden der polnische Jesuit Andreas Bobola, der Italiener Giovanni Leonardi und der spanische Franziskaner Salvador da Horta.

Rekorde in den 30er Jahren

200 m: J. Carlton (AUS) – 20,6 sec (1932)
Weitsprung: Jesse Owens (USA) – 8,13 m (1935)
Weitsprung: Erika Junghans (GER) – 6,07 m (1939)
400 m: Rudolf Harbig (GER) – 46,0 sec (1939)

Kultur

In der Pariser Sonntagspresse finden sich heftige Reaktionen auf den Erstlingsroman des Schriftstellers Jean-Paul Sartre mit dem Titel »Der Ekel«. Das Werk, dessen Held in Resignation und Pessimismus zu versinken droht und schließlich in der Kunst einen Lebenssinn findet, weist bereits die wesentlichen Züge von Sartres Philosophie, dem Existentialismus, auf. Die Philosophie Satres besagt, daß der Mensch sich selbst eine Bestimmung, einen Lebenssinn schaffen muß.

Wetter

Die Sonne läßt sich im April 1938 nur selten blicken. Statt der zu erwartenden 193 Stunden scheint sie nur 144 Stunden lang.

Montag 17. April

Politik

Der »Führergeburtstag« am 20. April wird in Deutschland per Gesetz zum nationalen Feiertag erklärt.

Politik

Nach allen Seiten offen zeigt sich die Regierung der Sowjetunion. Während der sowjetische Botschafter in Berlin erklärt, sein Land wünsche normale Beziehungen zum Deutschen Reich, schlägt in Moskau der Volkskommissar des Äußeren Großbritannien und Frankreich ein dreiseitiges Bündnisabkommen vor, das im Fall eines deutschen Angriffs wirksam werden soll. London und Paris haben am 13. April der UdSSR Hilfszusagen gemacht.

Sport

Durch einen K.o.-Sieg in der 1. Runde über seinen Landsmann Jack Ropper in Los Angeles bleibt Joe Louis (USA) Boxweltmeister im Schwergewicht.

Wetter

Angenehm milde Temperaturen weist der April 1939 auf. Die Quecksilbersäule steigt auf durchschnittlich 9,5 °C. Nach dem langjährigen Mittel sind nur 8,3 °C zu erwarten.

1940–1949

Highlights des Jahrzehnts

1940

- Deutscher Luftkrieg gegen Großbritannien
- Beginn der Westoffensive
- Winston Churchill neuer britischer Premierminister

1941

- Schottlandflug von Rudolf Heß
- Deutscher Überfall auf die Sowjetunion
- Japan greift Pearl Harbor an – Kriegseintritt der USA
- »Citizen Kane« von Orson Welles in den Kinos

1942

- Wannsee-Konferenz beschließt Judenvernichtung
- 6. Armee in Stalingrad eingeschlossen
- Beginn alliierter Luftangriffe auf deutsche Städte
- »Casablanca« mit Ingrid Bergman und Humphrey Bogart uraufgeführt

1943

- Goebbels propagiert den »totalen Krieg«
- Ende der Widerstandsgruppe »Weiße Rose«
- Aufstand im Warschauer Ghetto scheitert

1944

- Alliierte landen in der Normandie
- Stauffenberg-Attentat auf Hitler scheitert
- Charles de Gaulle wird Staatschef Frankreichs
- US-Präsident Franklin D. Roosevelt zum dritten Mal wiedergewählt

1945

- KZ Auschwitz befreit
- Bedingungslose Kapitulation Deutschlands
- Vereinte Nationen gegründet
- Beginn der Potsdamer Konferenz
- US-Atombomben zerstören Hiroschima und Nagasaki

1946

- Gründung der SED
- Nürnberger NS-Prozesse
- US-Atombombentests im Südpazifik
- Hilfe durch Care-Pakete aus den USA
- Französischer Kolonialkrieg in Vietnam

1947

- Marshallplan-Hilfe für Europa
- Indien feiert Unabhängigkeit von Großbritannien
- GATT regelt den Welthandel
- Thor Heyerdahls »Kon-Tiki«-Expedition erfolgreich

1948

- Mahatma Gandhi ermordet
- Währungsreform in Ost und West
- UdSSR verhängt Berlin-Blockade
- Staatsgründung Israels
- Korea gespalten
- UNO-Menschenrechtsdeklaration

1949

- Gründung der NATO
- Grundgesetz für die Bundesrepublik Deutschland verkündet
- Konrad Adenauer erster Bundeskanzler
- Proklamation der Deutschen Demokratischen Republik
- Chinesische Revolution

◀ **Charlie Chaplin als »Großer Diktator« (1940)**

1940

Mittwoch 17. April

Politik

Wegen hoher Verluste der deutschen Truppen bei Narvik gibt Adolf Hitler den Rückzugsbefehl nach Schweden. Weil die Anordnung auf Veranlassung des Oberkommandos der Wehrmacht nicht weitergegeben wird, halten die Deutschen zunächst die Stellung. Am 28. Mai müssen sie unter dem Ansturm von britischen Soldaten den wichtigen Erzverladehafen Narvik aber aufgeben.

Gesellschaft

Mit einer Massenkundgebung im Berliner Sportpalast wird das sog. Kriegshilfswerk für das Deutsche Rote Kreuz eröffnet. Die Bevölkerung ist angehalten, durch großzügige Spenden von Bargeld und Wertgegenständen zur Versorgung der Soldaten an der Front sowie der Arbeitslosen und Hilfsbedürftigen beizutragen.

Stars der 40er Jahre

Humphrey Bogart
Filmschauspieler
John Wayne
Filmschauspieler
Katharine Hepburn
Filmschauspielerin
Hans Albers
Filmschauspieler
Joe Louis
Boxer

Wetter

Den Regenschirm kann man im April 1940 getrost zu Hause lassen. Es fallen 20 mm Niederschlag, nur halb soviel wie nach dem langjährigen Mittel (41 mm) zu erwarten ist.

Donnerstag 17. April

Politik

Elf Tage nach Beginn der deutschen Offensive kapitulieren die Streitkräfte des Königreichs Jugoslawien.

Politik

685 deutsche Flugzeuge greifen London an und werfen 890 t Sprengbomben sowie 151 t Brandbomben ab; die Attacke ist eine Vergeltung für den britischen Angriff auf Berlin in der Nacht vom 9. auf den 10. April.

Gesellschaft

Die Werbewoche der deutschen Luftfahrt – sie richtet sich vor allem an Kinder und Jugendliche – wird im Berliner Sportpalast eröffnet.

Kultur

»Liebe ist zollfrei« heißt eine Filmkomödie von E.W. Emo, die in Wien uraufgeführt wird. Die Hauptrollen spielen Hans Moser und Susi Peter.

Wetter

Im April 1941 scheint die Sonne statt der zu erwartenden 193 Stunden nur 122,6 Stunden lang.

Freitag 17. April

Gesellschaft

Eine Zunahme der Anti-Nazi-Propaganda in Rüstungsbetrieben, auf Plakatwänden, in Bahnhöfen und auf Häuserwänden im gesamten Deutschen Reich verzeichnet die Geheime Staatspolizei.

Politik

Durch einen Erlaß des »Führers« Adolf Hitler wird der Maifeiertag in diesem Jahr vom 1. auf den 2. Mai verlegt, offizielle Maifeiern werden abgesagt.

Politik

Als alte Frau verkleidet flieht der in deutsche Gefangenschaft geratene französische General Henri-Honoré Giraud aus der Festung Königstein. Über die Schweiz gelangt Giraud in das besetzte Frankreich und stellt sich Philippe Pétain zur Verfügung. Die Deutschen reagieren auf die Flucht mit Repressionen für alle französischen Gefangenen in Deutschland. Außerdem kündigen sie an, den Geflohenen aufzuspüren, zu entführen und zu töten.

Wetter

Viel zu wenig Regen fällt im April 1942. Es werden 21 mm Niederschlag registriert, das langjährige Mittel liegt bei 41 mm.

Samstag 17. April

Politik

Ein nächtlicher Luftangriff der Briten auf Mannheim und Ludwigshafen richtet erhebliche Schäden an Industrieanlagen an. Der Ludwigshafener Hauptbahnhof brennt aus. Ein US-amerikanisches Bombergeschwader trifft bei einem Tagesangriff auf Bremen Wohnviertel sowie die Focke-Wulf-Werke.

Politik

Deutsche Truppen treten zum Angriff gegen den sowjetischen Landekopf am Myschako-Berg südlich der Stadt Noworossisk an. Anfang Juli scheitert die letzte große Offensive der Deutschen an der Ostfront.

Kultur

Das Börsenblatt des Deutschen Buchhandels vermerkt zu den immer zahlreicher werdenden Verlagsschließungen: »Der totale Krieg zwingt alle Glieder unseres öffentlichen, geistigen und wirtschaftlichen Lebens in seinen Bann.«

Wetter

Die Temperatur im April 1943 liegt mit 10,2 °C um 1,9 °C höher als das langjährige Mittel.

Montag 17. April

Politik

Die britische Regierung verbietet mit sofortiger Wirkung allen ausländischen Diplomaten – mit Ausnahme derjenigen aus den USA und der UdSSR – das Land zu verlassen und kodierte Telegramme aufzugeben.

Das Extravagante an diesem Sommerkleid – der mit Tapeziernägeln besetzte Gürtel

Gesellschaft

Ein US-amerikanischer Fliegeroffizier berichtet, daß er bei einem Erkundungsflug in Westchina einen etwa 10 000 m hohen Berg entdeckt habe – der damit höher wäre als der Mount Everest (8848 m). Fachleute halten dies für möglich.

Gesellschaft

Für fünf Kilogramm Knochen erhält der Ablieferer einen Bezugsschein für ein Stück Kernseife. Eine diesbezügliche Verordnung wird im Deutschen Reich wirksam.

Wetter

Etwas wärmer als gewöhnlich ist der April 1944. Die Durchschnittstemperatur von 9,1 °C liegt über dem langjährigen Mittelwert (8,3° C).

Dienstag 17. April

Politik

Die Reste der im Ruhrgebiet eingekesselten deutschen Truppen ergeben sich. 325 000 Soldaten geraten in amerikanische Kriegsgefangenschaft.

Politik

Lucius Clay wird Stellvertreter von Dwight Eisenhower, dem Oberbefehlshaber über die US-amerikanische Militärregierung in Deutschland. Clay ist 1948/49 Organisator der Luftbrücke nach Berlin.

Das Modemagazin »Esquire« stellt diese Abendmode für den Herrn vor

Politik

Vier Tage nach der Kapitulation Wiens regt sich das politische Leben in Österreich wieder: Nach der Neugründung der Sozialistischen Partei (SPÖ) wird nun auch die christlich-konservative Volkspartei (ÖVP) konstituiert.

Wetter

Die letzten Kriegstage sind angenehm mild. Die durchschnittliche Temperatur im April 1945 liegt mit 8,9 °C etwas über dem langjährigen Mittelwert, der 8,3 °C beträgt.

Mittwoch 17. April

Politik

Die Bremische Bürgerschaft – sie wurde nicht von der Bevölkerung gewählt, sondern von der US-amerikanischen Militärregierung ernannt – tritt zu ihrer ersten Sitzung zusammen. Zu seinem Vorsitzenden bestimmt das Parlament Bürgermeister Wilhelm Kaisen.

Rekorde in den 40er Jahren

5000 m: G. Hägg (SWE) – 13:58,2 min (1942)
Hochsprung: Fanny Blankers-Koen (HOL) – 1,71 m (1943)
Marathon: Suh Yun Bok (KOR) – 2:25:39 h (1947)
Speerwerfen: Natalia Smirnizkaja (URS) – 53,41 m (1949)

Gesellschaft

Die Verstaatlichung von großen Teilen der Eisen- und Stahlindustrie des Landes beschließt die britische Labour-Regierung von Premierminister Clement Atlee. Das Vorhaben wird 1951 verwirklicht, aber schon 1953, nachdem die Konservativen unter dem späteren Literaturnobelpreisträger Winston Churchill die Regierung übernommen haben, wieder rückgängig gemacht.

Wetter

In schweren Zeiten zeigt sich wenigstens das Wetter von seiner besten Seite. Die Durchschnittstemperatur im April 1946 erreicht 11,2 °C und liegt damit um 2,9 °C über dem langjährigen Mittel.

Donnerstag 17. April

Politik

Der Berliner Oberbürgermeister Otto Ostrowski (SPD) tritt zurück, nachdem ihm die Stadtverordnetenversammlung wegen nicht genehmigter Verhandlungen mit der SED das Mißtrauen ausgesprochen hat. Zum Nachfolger Ostrowskis wird Ernst Reuter gewählt. Dieser kann, weil der sowjetische Stadtkommandant Einspruch erhebt, vorerst sein Amt nicht antreten und wird erst 1948 offiziell Oberbürgermeister, dann aber nur noch für die drei westlichen Sektoren Berlins.

Gesellschaft

Die Lebensmittelvorräte in Hessen reichen nur noch 14 Tage. Dies erklärt der Ministerpräsident des Landes, Christian Stock, auf einer Pressekonferenz.

Kultur

Die Staatliche Hochschule für Musik in Frankfurt am Main wird wiedereröffnet. Weil Räume fehlen, gibt es vorerst nur die von Helmut Walcha geleitete Abteilung für Kirchenmusik.

Wetter

Die Temperatur im April 1947 übertrifft mit 9,9 °C deutlich das langjährige Mittel (8,3 °C).

Samstag 17. April

Politik

Ein Volksbegehren zur deutschen Einheit, das die SED initiiert und die sowjetische Militärregierung unterstützt, wird von den Westalliierten in Berlin für ihren Zuständigkeitsbereich verboten. Ziel der Befragung ist es, die Gründung eines westdeutschen Teilstaates zu verhindern.

Politik

General Charles de Gaulle, Vorsitzender der französischen Volksunion, fordert die Vereinigung Westeuropas. Deutschland solle die Möglichkeit geboten werden, der Föderation beizutreten.

Sport

Beim Kansas-Relay-Sportfest in Lawrence verbessert der Amerikaner Harrison Dillard über 110 m Hürden die Bestzeit um eine Zehntelsekunde auf 13,6 sec. Schon in der Qualifikation übertraf sein Landsmann Charles Fonville im Kugelstoßen mit 17,68 m den bisherigen Weltrekord um 28 cm.

Wetter

Angenehm warm ist der April 1948. Die Durchschnittstemperatur liegt mit 11,6 °C um 3,3 °C über dem langjährigen Mittel.

1949

Sonntag 17. April

Politik

Einzelheiten der geplanten Bodenreform, durch die 1,2 Mio. ha Land neu verteilt werden sollen, gibt Italiens Ministerpräsident Alcide De Gasperi bekannt. Weil zunächst Großgrundbesitzer enteignet werden müssen, kommt die Reform kaum voran, so daß arbeitslose Landarbeiter in Süditalien im November eigenmächtig Brachland in Besitz nehmen.

Preise in den 40er Jahren

1 kg Butter	3,50
1 kg Mehl	0,45
1 kg Fleisch	1,60
1 l Vollmilch	0,26
1 Ei	0,12
10 kg Kartoffeln	1,00
1 kg Zucker	0,76
Stundenlohn	0,81

in RM, Stand 1943

Politik

Bei den Präsidentschaftswahlen in Paraguay votieren 90% der Wähler für Staatspräsident Felipe Molas López. Dessen Vorgänger, Raimundo Rolón, der das Amt selbst erst am 30. Januar übernommen hatte, ist am 26. Februar gestürzt worden. Schon seit 1932 ist die Lage in Paraguay äußerst instabil. Erst General Alfred Stroessner kann 1954 ein dauerhaftes – diktatorisches – Regime errichten.

Wetter

Frühlingsgefühle lösen die Temperaturen im April 1949 aus. Im Durchschnitt werden 10,9 °C erreicht, 2,6 °C mehr als im langjährigen Mittel.

ACADEMY AWARDS

1950–1959

Highlights des Jahrzehnts

1950

- Ausbruch des Koreakrieges
- Abschaffung der Lebensmittelmarken in Deutschland

1951

- Debatte um die Wiederaufrüstung Deutschlands
- Skandal um Hildegard Knef als »Sünderin«
- Erster Schritt zur europäischen Einigung: Montanunion perfekt
- Der persische Schah Mohammed Resa Pahlewi heiratet Soraya

1952

- Helgoland wieder unter deutscher Verwaltung
- Staatsstreich in Ägypten
- DDR riegelt Grenze ab
- Dwight D. Eisenhower wird zum 34. US-Präsidenten gewählt
- USA zünden Wasserstoffbombe
- In Deutschland bricht das Fernsehzeitalter an

1953

- Tod des sowjetischen Diktators Josef Stalin
- Volksaufstand in der DDR
- Elisabeth II. zur Königin von Großbritannien und Nordirland gekrönt
- Mount Everest: Höchster Berg der Welt bezwungen

1954

- Französische Niederlage in Vietnam
- Deutschland wird in Bern Fußballweltmeister
- Beginn des Algerienkrieges
- Mit »That's alright Mama« beginnt der Aufstieg von Elvis Presley

1955

- Die Bundesrepublik wird ein souveräner Staat
- Gründung des Warschauer Paktes
- Tragischer Tod von James Dean
- Erste »documenta«

1956

- Traumhochzeit von Grace Kelly und Rainier III. von Monaco
- Volksaufstand in Ungarn
- Suezkrise führt zu Nahostkrieg
- Musical »My Fair Lady« beginnt seinen Siegeszug um die Welt

1957

- Gründung der EWG
- »Sputnik-Schock« bildet Auftakt zu Wettlauf im All
- Heinz Rühmann als »Hauptmann von Köpenick« gefeiert
- Erste Massenimpfung gegen Kinderlähmung

1958

- De Gaulle und Adenauer begründen deutsch-französische Freundschaft
- Rock 'n' Roll-Fieber grassiert weltweit
- Pelé – Star der Fußballweltmeisterschaft in Schweden
- Atomium ist Wahrzeichen der Weltausstellung in Brüssel

1959

- Fidel Castro übernimmt die Macht in Kuba
- Hula-Hoop-Welle schwappt aus den USA nach Europa
- Premiere des Marilyn-Monroe-Films »Manche mögen's heiß«
- Erste Bilder von der Rückseite des Mondes

◀ **Mit 23 schon ein Hollywood-Superstar: Audrey Hepburn mit »Oscar« (1953)**

1950

Montag 17. April

Politik

Mit Entrüstung reagiert Bundeskanzler Konrad Adenauer auf die Schändung eines jüdischen Friedhofs in Frankfurt am Main. Der weitaus größte Teil des deutschen Volkes, so erklärt der Kanzler, stimme mit ihm darin überein, daß »wir als Deutsche und als Christen verpflichtet sind, das Unrecht, das an den Juden begangen worden ist, nach Kräften wiedergutzumachen und allen solchen Ausschreitungen mit Schärfe entgegenzutreten«.

Rekorde in den 50er Jahren

Kugelstoßen: Jim Fuchs (USA) – 17,95 m (1950)
10 000 m: Emil Zátopek (TCH) – 28:54,6 min (1954)
800 m: R. Moens (BEL) – 1:45,7 min (1955)
Eisschnellauf: Eugen Grischin (URS) – 1000 m in 1:22,8 min (1955)

Gesellschaft

Die Deutsche Brotwoche, eine Werbekampagne für Brot, beginnt – eine Reaktion des Bäckerhandwerks auf den zurückgehenden Konsum des Grundnahrungsmittels. Wie wichtig den Deutschen ihr Brot aber immer noch ist, zeigen die heftigen Reaktionen auf die Brotpreiserhöhungen im Sommer 1950.

Wetter

Ein wenig zu kühl ist das Wetter im April 1950. Die Durchschnittstemperatur liegt 0,4 °C unter dem langjährigen Mittel (8,3 °C).

Dienstag 17. April

Politik

Die USA erteilen Belgien eine Rüge, weil der Verteidigungsbeitrag dem wirtschaftlichen Leistungsvermögen des Landes unangemessen sei. Während die USA rd. 20% ihres Volkseinkommens für Verteidigung ausgeben, bringe Belgien nur 5% auf.

Politik

Der norwegische Frachter »Victoria Peak« wird vor Hongkong von chinesischen Küstenbatterien beschossen und schwer beschädigt. Großbritannien hat die Wirtschaftsmetropole Hongkong 1898 für 99 Jahre gepachtet. Den seit 1949 in Peking regierenden Kommunisten ist die kapitalistische Enklave ein Dorn im Auge – sie versuchen daher, Hongkong in Verruf zu bringen.

Technik

Das britische U-Boot »Affray« sinkt mit 75 Mann Besatzung bei einer Tauchübung im Ärmelkanal. Trotz sofortiger Rettungsmaßnahmen können keine Überlebenden geborgen werden.

Wetter

Die Sonnenscheindauer im April 1951 liegt bei 226 Stunden, 33 Stunden über dem Mittelwert.

Donnerstag 17. April

Politik

Der DDR-Ministerrat fordert das deutsche Volk auf, sich zwischen Wiedervereinigung einerseits und Fortdauer der Spaltung und Kriegsgefahr andererseits zu entscheiden. Hintergrund der Erklärung sind die Verhandlungen über den Deutschlandvertrag, mit dem die Bundesrepublik ihre Souveränität erhält, und das Abkommen für eine Europäische Verteidigungsgemeinschaft mit westdeutscher Beteiligung. Beide Verträge werden im Mai unterzeichnet.

Stets korrekt und im Zweifelsfall eher weit geschnitten: Herrenmode in den 50ern

Gesellschaft

Riesige Überschwemmungen richten im Tal des Missouri schwere Schäden an. Weit über 100 000 Menschen werden evakuiert, 400 000 ha landwirtschaftlicher Fläche stehen in der Kornkammer der USA unter Wasser.

Wetter

Auf Schal und Mütze können die Menschen im April 1952 verzichten. Die Durchschnittstemperatur – 11,8 °C – liegt 3,5 °C über dem langjährigen Mittel.

Freitag 17. April

Politik

Der britische Generalgouverneur für Pakistan, Ghulam Mohammad, entläßt Ministerpräsident Khwaja Nazimuddin und ernennt den bisherigen Botschafter in den USA, Mohammed Ali, zum neuen Regierungschef. Der abgelöste Ministerpräsident bezeichnet seine Absetzung als illegal und verfassungswidrig. Pakistan wurde aus ehemals britischen Gebieten 1947 gegründet.

Für eine gute Figur auf der Tanzfläche: Kleid aus Chiné-Taft

Sport

Das Internationale Olympische Komitee beschließt auf seinem Treffen in Mexiko-Stadt, daß die nächsten Olympischen Spiele 1956 wie vorgesehen in Melbourne (Australien) stattfinden werden. Der mangelnde Vorbereitungsstand für die Spiele ist zuvor heftig kritisiert worden.

Wetter

Milde Temperaturen locken im April 1953 ins Freie. 10,5 °C erreicht das Thermometer im Durchschnitt, 2,3 °C mehr, als nach dem langjährigen Mittel zu erwarten ist.

Samstag 17. April

Gesellschaft

Die Ausstellung »Die Frau und ihre Welt« wird in der Dortmunder Westfalenhalle eröffnet. Nachdem die Frauen in den Kriegs- und Nachkriegsjahren u.a. beim Wiederaufbau vielfach »Männerarbeit« übernommen hatten, wird ihnen nun wieder der traditionell weiblich verwaltete häusliche Bereich als Arbeitsfeld zugewiesen. Dies wird auch auf der Dortmunder Ausstellung ersichtlich, die sich zum großen Teil um Küche, Haushalt und Kinder dreht.

Preise in den 50er Jahren

1 kg Butter	6,75
1 kg Mehl	0,76
1 kg Fleisch	5,01
1 l Vollmilch	0,40
1 Ei	0,23
10 kg Kartoffeln	2,14
1 kg Kaffee	21,40
Stundenlohn	1,96

in DM, Stand 1955

Sport

Der VfB Stuttgart gewinnt in Ludwigshafen das Pokalfinale des Deutschen Fußball-Bundes mit einem 1:0-Sieg über den 1. FC Köln. Den Siegtreffer erzielt Linksaußen Erwin Waldner in der Verlängerung der enttäuschenden, torarmen Begegnung.

Wetter

Ziemlich naß ist der April 1954. Es fallen durchschnittlich 61 mm Niederschlag, 20 mm mehr als das langjährige Mittel erwarten läßt.

Sonntag 17. April

Politik

Mit rund 27% der abgegebenen Stimmen gehen die konservativen Unabhängigen als stärkste Partei aus den Kantonalwahlen in Frankreich hervor. Zweitstärkste Kraft sind die Kommunisten mit 21%. Ähnliche Kräfteverhältnisse liegen auch in der Nationalversammlung vor.

Gesellschaft

Um Zwischenfälle bei den Feierlichkeiten zum zehnten Jahrestag der Befreiung der Niederlande von der deutschen Besatzung zu vermeiden, empfiehlt der Deutsche Reisebüro-Verband den Bundesbürgern, bis Ende Mai auf Reisen nach Holland zu verzichten.

Gesellschaft

Manfred von Ardenne – er gilt als einer der »Väter« des Fernsehens – kehrt mit einer Gruppe deutscher Wissenschaftler, die nach dem Zweiten Weltkrieg zur Arbeit in der Sowjetunion verpflichtet worden waren, in die DDR zurück.

Wetter

Die Temperatur im April 1955 liegt mit 6,8 °C unter dem langjährigen Mittel (8,3° C).

Dienstag 17. April

Politik

Die kommunistische Regierung in Polen will alle ehemaligen Angehörigen der sog. Heimatarmee rehabilitieren. Die von bürgerlichen Kräften bestimmte Heimatarmee hatte während des Zweiten Weltkriegs gegen die deutschen Besatzer gekämpft. Dabei war sie auch noch in Konflikt mit der kommunistischen Untergrundorganisation Polens geraten.

Stars der 50er Jahre

Marilyn Monroe
Filmschauspielerin
James Dean
Filmschauspieler
Elvis Presley
Sänger
Sophia Loren
Filmschauspielerin
Brigitte Bardot
Filmschauspielerin

Technik

Der erste Lockheed F-104 Starfighter, der mit doppelter Schallgeschwindigkeit fliegen und auch Atombomben transportieren kann, wird im US-amerikanischen Palmdale vorgestellt. Das Militärflugzeug erwirbt in den folgenden Jahren wegen der hohen Unfallrate von Maschinen dieses Typs vor allem in der Bundesrepublik traurigen Ruhm.

Wetter

Sehr regnerisch ist das Wetter im April 1956. Mit 102 mm Niederschlag wird das langjährige Mittel (41 mm) extrem übertroffen.

Mittwoch 17. April

Politik

Bundeskanzler Konrad Adenauer und fünf Mitunterzeichner des »Göttinger Manifests« sprechen sich nach einem mehrstündigen Gespräch gegen die Atombewaffnung in Ost und West aus. Am 12. April haben 18 deutsche Atomwissenschaftler die Bundesregierung in ihrem »Göttinger Manifest« aufgefordert, auf atomare Rüstung zu verzichten, und ihre Weigerung bekanntgegeben, sich an der Herstellung, der Erprobung oder dem Einsatz von Atomwaffen zu beteiligen.

Gesellschaft

Albanien und die Sowjetunion schließen in Moskau ein Wirtschaftshilfeabkommen, durch das Albanien Kreditschulden erlassen und umfangreiche Lebensmittellieferungen zugesichert werden.

Gesellschaft

Die Westberliner Polizeigewerkschaft protestiert gegen einen Erlaß des Senats, der Polizisten die Einreise in die DDR oder nach Ostberlin verbietet.

Wetter

Die Temperatur im April 1957 liegt mit 8,6 °C um 0,3 °C über dem langjährigen Mittel.

Donnerstag 17. April

Technik

»Bilanz der Welt – für eine menschlichere Welt«: So lautet das Motto der ersten Weltausstellung nach dem Zweiten Weltkrieg, die der belgische König Baudouin in Brüssel feierlich eröffnet. Zentrale Themen der internationalen Schau sind Kerntechnik und Raumfahrt. Zum Wahrzeichen der Ausstellung wird das Atomium, die 165milliardenfache Vergrößerung eines Eisenkristallmoleküls, das Symbol des Atomzeitalters. Das Bauwerk kann auch von innen besichtigt werden.

Politik

Die NATO-Verteidigungsminister erklären zum Abschluß ihrer dreitägigen Konferenz in Paris, die Verteidigungsstrategie des Nordatlantikpakts müsse auf einer starken Abwehrkraft beruhen, zu der sowohl ein Verteidigungsschild mit konventionellen Waffen als auch die mit Atomwaffen ausgerüstete Vergeltungsmacht gehöre. Am selben Tag kommt es in Hamburg zu einem Massenprotest gegen Atomwaffen.

Wetter

Zu wenig Sonne registrieren die Meteorologen im April 1958. 124 Stunden lang läßt sie sich blicken; der langjährige Mittelwert liegt bei 193 Stunden.

Freitag 17. April

Gesellschaft

Zuchthausstrafen bis zu zehn Jahren verhängt das Dresdner Bezirksgericht gegen fünf Studenten, die gegen die politischen Verhältnisse in der DDR protestiert haben.

Politik

Bei seinem Besuch in den USA betont der neue kubanische Ministerpräsident Fidel Castro die freundschaftlichen Beziehungen seines Landes zu Washington. Als Castro sich dem kommunistischen Lager annähert und 1960 amerikanische Ölraffinerien beschlagnahmen läßt, entsteht ein tiefgreifender Konflikt zwischen Kuba und den USA.

Gesellschaft

Der seit Jahren größte Schlag gegen den internationalen Zigarettenschmuggel gelingt der Zollfahndung in Mönchengladbach. 1,15 Mio. unverzollter US-amerikanischer Zigaretten werden in einem italienischen Kühlwagen entdeckt.

Wetter

Angenehm warm sind die Temperaturen im April 1959. Im Durchschnitt steigen sie auf 10,6 °C und liegen damit um 2,3 °C über dem Mittel.

1960–1969

Highlights des Jahrzehnts

1960

- Gründung der EFTA
- Frankreich wird 4. Atommacht
- John F. Kennedy wird 35. Präsident der USA
- Hochzeit des Jahres: Fabiola und König Baudouin von Belgien

1961

- Erster Mensch im Weltraum: der Russe Juri Gagarin
- Bau der Mauer in Berlin
- Gründung von Amnesty International

1962

- Flutkatastrophe an der Nordseeküste und in Hamburg
- Kuba-Krise: USA erzwingen Abbau sowjetischer Raketenbasen
- »Spiegel«-Affäre löst Regierungskrise aus
- Start der erfolgreichsten Serie der Kinogeschichte: James Bond

1963

- Deutsch-Französischer Freundschaftsvertrag
- US-Präsident Kennedy wird in Dallas erschossen
- Marika Kilius und Hans-Jürgen Bäumler werden Weltmeister im Eiskunstlaufen

1964

- Die USA greifen in den Vietnamkrieg ein
- Revolution in der Damenmode: der Minirock
- Der 22jährige Cassius Clay wird jüngster Boxweltmeister
- UdSSR: Breschnew neuer KP-Chef
- Erfolgreichste Pop-Gruppe der 60er: die Beatles
- Den Rolling Stones gelingt der internationale Durchbruch

1965

- Im Alter von 90 Jahren stirbt in London Winston Churchill
- Erste Fotos vom menschlichen Embryo im Mutterleib
- Ziehung der Lottozahlen erstmals im Fernsehen

1966

- Große Koalition aus CDU/CSU und SPD gebildet
- APO beginnt sich zu formieren

1967

- Sechs-Tage-Krieg in Nahost
- Erste Herztransplantation
- Bürgerkrieg in Biafra
- Kult-Musical »Hair« wird uraufgeführt

1968

- Ermordung des schwarzen Bürgerrechtlers Martin Luther King und des US-Präsidentschaftskandidaten Robert Kennedy
- »Prager Frühling« durch Einmarsch von Warschauer-Pakt-Truppen beendet
- Aufklärungswelle erreicht den Schulunterricht

1969

- Willy Brandt wird Kanzler einer sozialliberalen Koalition
- Der erste Mensch betritt den Mond
- »Sesamstraße« begeistert Millionen von Kindern
- Rockfestival in Woodstock

◀ **1969: Die ganze Welt wird vor dem Fernseher mondsüchtig**

Sonntag 17. April

Politik

Das Zentralkomitee der SED schlägt in einem »Offenen Brief an die Arbeiterschaft der Bundesrepublik« einen Friedensvertrag zwischen beiden deutschen Staaten und die Entmilitarisierung von Westberlin vor.

Gesellschaft

Bei strömendem Regen versammeln sich 150 000 Menschen zur Osteransprache von Papst Johannes XXIII. auf dem Petersplatz in Rom. Das Oberhaupt der katholischen Kirche wendet sich gegen die Unterdrückung der Schwarzen in Südafrika und die Unfreiheit der christlichen Kirchen im Ostblock.

Kultur

Der »James Dean der Rockmusik«, der Sänger und Gitarrist Eddie Cochran, kommt wie sein Vorbild bei einem Autounfall ums Leben. Mit »Summertime Blues« landete Cochran 1958 seinen größten Hit.

Wetter

Ein bißchen zu kalt ist der April 1960. Die Durchschnittstemperatur – 7,6 °C – liegt um 0,7 °C unter dem langjährigen Mittel.

Montag 17. April

Politik

In der Schweinebucht auf Kuba unternehmen Exil-Kubaner einen Invasionsversuch, der aber am 20. April am erbitterten Widerstand von Regierungstruppen scheitert. Die vom US-amerikanischen Geheimdienst CIA unterstützte Aktion beschleunigt die wirtschaftliche und militärische Anlehnung Kubas an den Ostblock.

Kultur

Der Pianist Thelonius Monk, der Schlagzeuger Kenny Clarke und der Saxophonist Roland Kirk zählen zum Staraufgebot bei den dritten Essener Jazztagen in der Grugahalle.

Gesellschaft

»Welche Rolle hat die Frau bei der europäischen Integration?« fragt ein internationales Akademikerinnentreffen, das nach vier Tagen in Brüssel endet. Zu einem eindeutigen Ergebnis kommt die Konferenz nicht.

Wetter

Die Quecksilbersäule klettert im April 1961 im Durchschnitt auf 11,2 °C, das langjährige Mittel verzeichnet nur 8,3 °C.

Dienstag 17. April

Politik

Schon nach einem Tag brechen die Außenminister der Europäischen Wirtschaftsgemeinschaft (EWG) ihre Gespräche über die Bildung einer politischen Union ohne Ergebnis ab. Während die Benelux-Staaten in jedem Fall Großbritannien hinzuziehen wollen, fürchtet Frankreich bei einer Beteiligung der Briten um seine Führungsrolle in Europa.

»Mini« heißt das Schlagwort der 60er – hier in Form eines Strickkleides

Politik

Französische Truppen besetzen die algerische Stadt Oran, nachdem die dort ansässigen Europäer in einen Streik getreten sind. Diese protestieren gegen das Todesurteil gegen einen Führer der rechtsradikalen OAS, der »Geheimarmee« für ein französisches Algerien. Die französische Kolonie wird nach siebenjährigem Kampf am 3. Juli unabhängig.

Wetter

Frühlingshaft mild ist das Wetter im April 1962. Mit 9,9 °C liegt die Durchschnittstemperatur um 1,6 °C über dem langjährigen Mittel.

Mittwoch 17. April

Politik

Ägypten, Syrien und der Irak einigen sich in Kairo auf die Gründung einer neuen Vereinigten Arabischen Republik. Auch der Jemen will dem Staatenverbund beitreten. Eine erste Vereinigte Arabische Republik kam 1958 zwischen Ägypten und Syrien zustande; die Syrer verließen das Bündnis aber schon 1961. Der jetzt beschlossene Verbund wird wegen Differenzen zwischen den Beteiligten schließlich doch nicht verwirklicht. Die einzige arabische Staatenkonföderation, die es im 20. Jahrhundert geben wird, ist der Zusammenschluß von sieben Emiraten zu den Vereinigten Arabischen Emiraten 1971.

Kurzer Mantel mit Schlaghose: Auch in die Männermode kommt Bewegung

Technik

Sein erstes atomar angetriebenes U-Boot stellt Großbritannien in Dienst.

Wetter

Besonders das Osterfest ist 1963 verregnet. Auch sonst macht die Sonne sich rar. Sie scheint im April 1963 nur 150 Stunden lang, während der langjährige Mittelwert bei 193 Stunden liegt.

Freitag 17. April

Politik

Der 70. Geburtstag des sowjetischen Partei- und Regierungschefs Nikita S. Chruschtschow wird in Moskau mit allem bei derartigen Anlässen üblichen Prunk begangen. Noch deutet nichts darauf hin, daß der Sturz des Ministerpräsidenten (am 14. Oktober) schon eingeleitet ist. Für die Entlassung Chruschtschows aus seinen Ämtern werden als Gründe u.a. Personenkult und Prahlerei angegeben.

Technik

Das bislang größte Pumpkraftwerk der Welt wird nach vierjähriger Bauzeit in Vianden (Luxemburg) eröffnet.

Kultur

»The Rolling Stones«, die erste Langspielplatte der gleichnamigen britischen Popgruppe, erscheint auf dem Markt. Bis Ende April werden 150 000 Exemplare verkauft.

Wetter

Einen Mangel an Sonne verzeichnen die Meteorologen im April 1964. Statt 193 Stunden, wie nach dem langjährigen Mittel zu erwarten, scheint die Sonne nur 152 Stunden lang.

1965

Samstag 17. April

Politik

Mit staatlichen Bauvorhaben will die italienische Regierung die wirtschaftliche Rezession bekämpfen. Das Parlament billigt ein entsprechendes Gesetz.

Gesellschaft

Nach den verheerenden Wirbelstürmen in der ersten Aprilhälfte zieht man in den USA eine traurige Bilanz. 250 Menschen sind in den Fluten des Mississippi ertrunken, den die Tornados über die Ufer treten ließen.

Gesellschaft

Der Minirock, kreiert von der Engländerin Mary Quant, findet auch im bislang in Modefragen tonangebenden Frankreich immer mehr Anhängerinnen. Dies berichten die Pariser Zeitungen.

Rekorde in den 60er Jahren

Stabhochsprung: Brian Sternberg (USA) – 5,00 m (1963)
Hochsprung: V. Brumel (URS) – 2,28 m (1963)
Weitsprung: Bob Beamon (USA) – 8,90 m (1968)
100 m: Jim Hines (USA) – 9,9 sec (1968)

Wetter

Regen im Überfluß hat der April 1965 aufzuweisen. Es fallen mit 122 mm dreimal soviel Niederschlag wie im langjährigen Mittel (41 mm).

Sonntag 17. April

Politik

Die bayerische NPD will bei den Wahlen im Herbst die FDP aus dem Landtag in München verdrängen, damit wieder »eine konstruktive Opposition dort einziehen« könne. Dies erklärt der NPD-Landesvorsitzende Franz Florian Winter.

Gesellschaft

Zum ersten Mal seit elf Jahren landet eine Verkehrsmaschine der Lufthansa in Moskau. Die von einem Touristikunternehmen gecharterte Boeing 707 hat 50 Passagiere an Bord.

Gesellschaft

Mindestens 270 Personen hat ein japanischer Bakteriologe absichtlich mit Ruhr- und Typhusbazillen infiziert, die er Lebensmitteln beigab. Über das Tatmotiv berichten die Zeitungen, der Mann habe sich gegenüber seinen Kollegen zurückgesetzt gefühlt – dies sei seine Rache gewesen.

Wetter

Der Regenschirm gehört im April 1966 zu den wichtigsten Gebrauchsgegenständen. Es fallen 87 mm Niederschlag, doppelt soviel wie nach dem langjährigen Mittelwert (41 mm) zu erwarten ist.

Montag 17. April

Technik

Fünf Inseln im Indischen Ozean hat die britische Regierung für umgerechnet rund 10,5 Mio. DM gekauft. Dies wird in London bekannt. Die Inseln sollen als anglo-amerikanische Satelliten-Beobachtungsstationen und Militärflugplätze dienen.

Technik

Von Kap Kennedy/Florida aus wird der Mondsatellit »Surveyor 3« gestartet, der – mit einer Schaufel und Fernsehkamera ausgerüstet – das »Meer der Stürme« auf dem Erdtrabanten erforschen soll. Programmgemäß setzt die Sonde am 19. April weich auf der Mondoberfläche auf. Die folgenden Untersuchungen lassen den Schluß zu, daß der Mondboden in der oberen Schicht ungefähr die gleiche Struktur aufweist wie der Erdboden.

Stars der 60er Jahre

Die Beatles
Popgruppe
Sean Connery
Filmschauspieler
Pelé
Fußballspieler
Jean Paul Belmondo
Filmschauspieler
Dustin Hoffman
Filmschauspieler

Wetter

Relativ kühl ist das Wetter im April 1967. Die Quecksilbersäule steigt durchschnittlich auf 7,3 °C und bleibt damit 1 °C unter dem langjährigen Mittelwert.

Mittwoch 17. April

Gesellschaft

Ein 32jähriger Pressefotograf stirbt an den Folgen einer Kopfverletzung, die er durch einen Steinwurf während der Ostermontagsdemonstration in München davongetragen hat. Am 18. April erliegt auch ein 24jähriger Student seinen bei der Kundgebung erlittenen Verletzungen. Die Stimmung beim Ostermarsch in München ist durch das Attentat auf den Studentenführer Rudi Dutschke am 11. April extrem aufgeheizt worden.

Technik

Die starke Nachfrage führt zu Lieferschwierigkeiten bei der Chemiefaser Nylon 66, einer Verbesserung der Kunstfaser Perlon. Die neue Faser kann bei der Textilherstellung leichter verarbeitet werden.

Kultur

Der Film »Die Braut trug schwarz« von François Truffaut hat in Paris Premiere. In der Hauptrolle ist Jeanne Moreau zu sehen.

Wetter

Sonnenfreunde kommen im April 1968 auf ihre Kosten. 225 Stunden lang scheint die Sonne, das langjährige Mittel verzeichnet 193 Stunden.

Donnerstag 17. April

Politik

Alexander Dubcek, der führende Repräsentant des »Prager Frühlings«, muß auf Druck der Sowjetunion sein Amt als tschechoslowakischer KP-Chef aufgeben. Nachfolger wird der moskautreue Gustav Husák. Im August 1968 hat die militärische Intervention des Warschauer Pakts Dubceks Kurs eines »Sozialismus mit menschlichem Gesicht« ein gewaltsames Ende gesetzt.

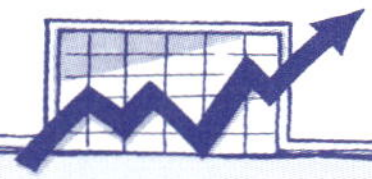

Preise in den 60er Jahren

1 kg Butter	7,58
1 kg Mehl	1,06
1 kg Fleisch	7,91
1 l Vollmilch	0,50
1 Ei	0,21
10 kg Kartoffeln	2,88
1 kg Kaffee	16,61
Stundenlohn	4,15

in DM, Stand 1964

Technik

Unter der Nordsee sind laut Presseberichten etwa auf halbem Weg zwischen Dänemark und Schottland Erdölvorkommen entdeckt worden. Die zunächst noch allzu kostspielige Ausbeutung der Nordsee-Ölfelder beginnt in den 70er Jahren, nachdem die Ölförderländer in Nahost ihre Produktion gedrosselt und die Preise drastisch erhöht haben.

Wetter

Einen verregneten April weist das Jahr 1969 auf. Es fallen 101 mm Niederschlag; der langjährige Mittelwert liegt nur bei 41 mm.

ORLANDO FLORIDA
ATLANTA GEORGIA
Walt Disney World
HAPPY
FROM
MAYORS and
AROUND

1970–1979

Highlights des Jahrzehnts

1970

- Neue deutsche Ostpolitik: Moskauer und Warschauer Vertrag
- Vietnamkrieg weitet sich auf Kambodscha aus
- Einstellung des Contergan-Prozesses

1971

- Einführung des Frauenwahlrechts in der Schweiz
- Friedensnobelpreis für Willy Brandt
- Hot pants – Modeschlager der Saison
- Kinohit »Love Story« rührt Millionen Zuschauer zu Tränen

1972

- Unterzeichnung des Rüstungskontrollabkommens SALT I
- Verhaftung von Baader-Meinhof-Terroristen
- Überfall palästinensischer Terroristen auf die israelische Mannschaft bei den Olympischen Spielen in München
- Unterzeichnung des Grundvertrages zwischen Bundesrepublik und DDR

1973

- Aufnahme beider deutscher Staaten in die UNO
- USA ziehen ihre Truppen aus Vietnam zurück
- Jom-Kippur-Krieg in Nahost
- Ölkrise: Sonntagsfahrverbot auf bundesdeutschen Straßen

1974

- Guillaume-Affäre stürzt Willy Brandt, neuer Bundeskanzler wird Helmut Schmidt
- Watergate-Affäre zwingt US-Präsident Nixon zum Rücktritt
- Deutschland wird Fußballweltmeister
- »Nelkenrevolution« in Portugal

1975

- Beginn des Bürgerkriegs im Libanon
- Unterzeichnung der KSZE-Schlußakte in Helsinki
- Spanien: Tod Francos und demokratische Reformen unter König Juan Carlos I.
- Einweihung des 3 km langen Elbtunnels in Hamburg
- Volljährigkeit von 21 auf 18 Jahre herabgesetzt

1976

- Umweltkatastrophe in Seveso
- Anschnallpflicht für Autofahrer
- Traumhochzeit des Jahres: Karl XVI. Gustav von Schweden heiratet die Deutsche Silvia Sommerlath

1977

- Entführung und Ermordung des Arbeitgeberpräsidenten Hanns Martin Schleyer
- Emanzipationswelle: Frauenzeitschrift »Emma« erscheint

1978

- Friedensverhandlungen zwischen Israel und Ägypten in Camp David
- In England kommt das erste Retortenbaby zur Welt

1979

- Überfall der Sowjetunion auf Afghanistan
- Schiitenführer Khomeini proklamiert im Iran die Islamische Republik
- Sandinistische Revolution beendet Somoza-Diktatur in Nicaragua

◀ **Auf 113 km² sind ab 1971 in Disneyworld (Orlando) Träume käuflich**

Freitag 17. April

Technik

Nach drei Tagen zwischen Bangen und Hoffen landet die US-amerikanische Raumkapsel »Apollo 13« im Pazifik; die drei Astronauten an Bord sind wohlauf. Bei dem Mondlandeunternehmen sind am 14. April, dem vierten Tag der Mission, nach der Explosion eines Sauerstoffstanks die Versorgungseinrichtungen ausgefallen. Es war zu befürchten, daß Sauerstoff und Energie für die Rückkehr zur Erde nicht ausreichen würden. Der Besonnenheit der Astronauten und der Befehle der Bodenstation verdankt »Apollo 13« seine Rückkehr zur Erde.

Gesellschaft

Im Märkischen Viertel im Berliner Bezirk Reinickendorf wird die zehntausendste Wohnung bezugsfertig. In vielen deutschen Großstädten sind seit den 60er Jahren ähnliche Großsiedlungen entstanden. So kann zwar die übergroße Nachfrage auf dem Wohnungsmarkt gemindert werden, doch es entstehen durch die hohe Bevölkerungsdichte viele neue soziale Probleme.

Wetter

Viel zu wenig Sonne gibt es im April 1970. Die Sonnenscheindauer liegt bei 86 Stunden, im langjährigen Mittel sind es 193 Stunden.

Samstag 17. April

Technik

Im französischen Cannes beginnt die erste internationale Messe für Videokassetten und Bild-Ton-Platten, »Vidca 71«, auf der 200 Aussteller aus 17 Ländern ihre neuesten Produkte präsentieren. In den USA ist der erste Videorekorder schon 1956 in den Handel gekommen; die Europäer ziehen nun allmählich nach.

Rekorde in den 70er Jahren

100 m: Marlies Göhr (GDR) – 10,88 sec (1977)
Hochsprung: Rosemarie Ackermann (GDR) – 2,00 m (1977)
Weitsprung: Vilma Bardauskiene (URS) – 7,09 m (1978)
800 m: S. Coe (GBR) – 1:42,4 min (1979)

Sport

Als Skandalspiel entpuppt sich im nachhinein die Bundesligabegegnung der Fußballclubs Schalke 04 und Arminia Bielefeld. Die abstiegsgefährdete Arminia gewinnt in Gelsenkirchen 1:0 – doch der Sieg ist gekauft, wie der Präsident des Absteigers Kickers Offenbach, Horst Canellas, nach Saisonschluß am 6. Juni enthüllt. In die Manipulationen sind auch andere Vereine verstrickt.

Wetter

Typisches Aprilwetter gibt es 1971. Die Durchschnittstemperatur – 8,5 °C – liegt nur um 0,2 °C über dem langjährigen Mittelwert.

Montag 17. April

Ausgestellte Hosen und viel Schmuck trägt die moderne Frau in den 70er Jahren

Politik

Der sowjetische Staatschef Nikolai Podgorny beendet seinen sechstägigen Staatsbesuch in der Türkei, in dessen Verlauf die gutnachbarlichen Beziehungen beider Staaten vertraglich festgeschrieben wurden. Die Türkei hat sich aus Enttäuschung über die westliche Haltung im Zypernkonflikt 1964 stärker an die Sowjetunion angenähert, ohne allerdings seine Verpflichtungen als NATO-Mitglied zu verletzen.

Politik

Wegen ihrer Teilnahme an einem verbotenen Protestmarsch im Februar 1972 wird die nordirische Abgeordnete und Bürgerrechtlerin Bernadette Devlin zu einer sechsmonatigen Haftstrafe verurteilt. Die britische Regierung hat wegen der blutigen Unruhen in Nordirland am 24. März die direkte Regierungsgewalt über die Provinz übernommen.

Wetter

Die Sonne macht sich rar im April 1972. Die Sonnenscheindauer liegt mit 116 Stunden weit unter dem langjährigen Mittel (193 Stunden).

Dienstag 17. April

Politik

Der von den USA unterstützte kambodschanische Präsident Lon Nol erklärt den Rücktritt der Regierung und gibt die Bildung eines Hohen Politischen Rates bekannt, dessen Leitung er selbst übernimmt. Dennoch gerät Lon Nol im Bürgerkrieg immer stärker unter Druck, bis 1975 die kommunistischen Roten Khmer siegen.

Politik

Sechs westafrikanische Staaten schließen sich zur Wirtschaftsgemeinschaft CEAO zusammen. Das Bündnis – es wird 1975 zur CEDEAO mit 17 Staaten erweitert – soll durch eine verstärkte Kooperation die Chancen seiner Mitgliedsländer auf dem Weltmarkt verbessern. Das Budget der CEAO für das gesamte Jahr 1973 beläuft sich auf umgerechnet 86 Mio. DM.

Voll im Zeitgeschmack: Der Midimantel mit aufgesetzten Taschen für kalte Winter

Wetter

Regen, Regen, Regen – das ist das vorherrschende Wetter im April 1973. Es fallen 119 mm Niederschlag, fast das Dreifache des langjährigen Mittelwerts (41 mm).

Mittwoch 17. April

Politik

Der tunesische Staatschef Habib Burgiba erklärt den im Januar mit Libyen geschlossenen Vertrag über die Fusion beider Staaten zur »Islamischen Arabischen Republik« für nichtig.

Politik

Bei den schwersten Kämpfen in Südvietnam seit dem Pariser Waffenstillstand vom Januar 1973 sterben 567 Soldaten.

Gesellschaft

Kuwait und Saudi-Arabien beschließen, den Gegnern Israels 675 Mio. Dollar Finanzhilfen zu gewähren. Nutznießer sind u.a. Ägypten und die Palästinensische Befreiungsorganisation PLO.

Kultur

Leonardo da Vincis »Mona Lisa« fliegt als Leihgabe des Pariser Louvre nach Japan. Das Gemälde ist bis zum 10. Juni in Tokio zu besichtigen.

Wetter

Die Temperatur liegt im April 1974 mit 9,0 °C über dem langjährigen Mittel (8,3 °C).

Donnerstag 17. April

Politik

Die kambodschanische Hauptstadt Phnom Penh wird von den kommunistischen Roten Khmer erobert. Die Regierungstruppen kapitulieren bedingungslos. Damit endet nach fünf Jahren der Bürgerkrieg, der von Vietnam auf das Nachbarland übergegriffen hat. Zunächst wird der frühere Präsident Prinz Norodom Sihanuk, der 1970 durch eine proamerikanische Führung abgesetzt worden war, zum Staatsoberhaupt von Kambodscha berufen. Im April 1976 übernimmt aber der Khmer-Führer Pol Pot die Macht und errichtet ein Schreckensregime, dem im Laufe der nächsten Jahre etwa 1 Mio. Menschen zum Opfer fallen. Fast die gesamte intellektuelle Elite des Landes wird durch den »Steinzeitkommunismus« der Roten Khmer ausgelöscht.

Technik

Spanien storniert den Kauf von 24 US-amerikanischen Phantom-Jagdflugzeugen F-4, da die Maschinen zu kostspielig und veraltet seien. Statt dessen bestellt das Land 15 französische Mirage F-1 C.

Wetter

Nicht besonders warm ist das Wetter im April 1975. Die Durchschnittstemperatur liegt bei 7,6 °C und damit 0,7 °C unter dem langjährigen Mittel.

Samstag 17. April

Politik

Mit Freudenkundgebungen reagiert die moslemische Bevölkerung Beiruts auf eine Verfassungsänderung, die den Weg zur vorzeitigen Neuwahl des Präsidenten freimacht. Die Wahl des libanesischen Staatsoberhaupts am 8. Mai gerät dennoch zur Farce, weil der seit 1970 amtierende Präsident Sulaiman Farandschijja darauf besteht, seinen Posten erst zum regulären Ende seiner Amtszeit am 23. September an seinen designierten Nachfolger Elias Sarkis abzugeben.

Stars der 70er Jahre

Robert de Niro
Filmschauspieler
Jane Fonda
Filmschauspielerin
Woody Allen
Filmregisseur
Steven Spielberg
Filmregisseur
Muhammad Ali
Boxer

Gesellschaft

Turnschuhe werden überwiegend nicht für eine sportliche Betätigung gekauft, sondern – weil sie so bequem sind – für Freizeit, Alltag und Beruf. Dies geht aus einer Meinungsumfrage hervor, die in der westdeutschen Presse veröffentlicht wird.

Wetter

Viel zu trocken ist der April 1976. Im ganzen Monat fallen nur 7 mm Niederschlag. Nach dem langjährigen Mittel sind 41 mm zu erwarten.

Sonntag 17. April

Gesellschaft

Etwa 50 junge Leute besetzen kurzzeitig die evangelische Peterskirche in Frankfurt am Main, um gegen die Haftbedingungen angeklagter und verurteilter Terroristen zu protestieren. Zehn Tage zuvor hat ein Kommando der Terrororganisation Rote Armee Fraktion (RAF) in Karlsruhe Generalbundesanwalt Siegfried Buback erschossen.

Gesellschaft

Lea Rabin, die Frau des früheren israelischen Ministerpräsidenten Yitzhak Rabin, wird in Jerusalem zu einer Geldstrafe von umgerechnet etwa 34 000 DM verurteilt, weil sie illegal ein Bankkonto in den USA unterhalten hat. Rabin ist am 8. April wegen der Devisen-Affäre seiner Frau zurückgetreten.

Sport

Die Degenfecht-Mannschaft des FC Tauberbischofsheim gewinnt in Heidenheim durch einen 8:3-Sieg über die Mannschaft aus Bukarest den Europa-Cup der Landesmeister.

Wetter

Die Temperatur im April 1977 liegt mit 6,4 °C deutlich unter dem langjährigen Mittel (8,3 °C).

1978

Montag 17. April

Politik

Zu Gast bei Kaiser Hirohito ist Bundespräsident Walter Scheel, der zu einem fünftägigen Staatsbesuch in Japan eintrifft.

Gesellschaft

Rekord an der New Yorker Aktienbörse in der Wall Street: 63,5 Millionen Anteilsscheine wechseln am heutigen Tag den Besitzer.

Preise in den 70er Jahren

1 kg Butter	8,36
1 kg Mehl	1,16
1 kg Fleisch	10,15
1 l Vollmilch	1,06
1 Ei	0,22
10 kg Kartoffeln	6,44
1 kg Zucker	1,65
Stundenlohn	10,40

in DM, Stand 1975

Gesellschaft

Eine heftige Kontroverse um das Kürzel BRD für Bundesrepublik Deutschland liefert sich die westdeutsche Presse. Vor allem konservative Kreise sehen in der Abkürzung eine »kommunistische Agitationsformel«, weil in der DDR seit 1973 offiziell nur noch diese Bezeichnung für die Bundesrepublik benutzt wird.

Wetter

Ein bißchen kühl zeigt sich der April 1978. Im Durchschnitt steigt die Temperatur auf 7,8 °C; das langjährige Mittel liegt bei 8,3 °C.

Dienstag 17. April

Gesellschaft

Die erste »taz« erscheint in Berlin. Die links-alternative »Tageszeitung«, die das Meinungsbildungsmonopol der bürgerlichen Presse brechen will, geht auch organisatorisch neue Wege. Die Redakteure erhalten einen Einheitslohn von 1000 DM, die »Säzzer« lassen ihre Kommentare zu den Beiträgen einfließen. In den 90er Jahren kämpft die »taz« um das wirtschaftliche Überleben. Es werden Solidaritätsaktionen gestartet mit dem Ziel, Abonnenten zu werben und das Erscheinen zu sichern.

Politik

Ägypten wird wegen des 1978 geschlossenen Friedensvertrages mit Israel aus der Organisation der arabischen erdölexportierenden Länder OAPEC ausgeschlossen.

Gesellschaft

US-Tennisstar Chris Evert heiratet in Fort Lauderdale/Florida den sportlich weniger erfolgreichen britischen Tennisprofi John Lloyd.

Wetter

Die Temperatur liegt mit 7,6 °C im April 1979 um 0,7 °C unter dem langjährigen Mittel.

1980 - 1989

Highlights des Jahrzehnts

1980

- Golfkrieg zwischen Iran und Irak
- Gründung einer neuen Bundespartei: »Die Grünen«
- Bildung der polnischen Gewerkschaft »Solidarność«

1981

- Attentate auf US-Präsident Ronald Reagan, den Papst und Ägyptens Staatschef Anwar As Sadat
- Erster Start der wiederverwendbaren Raumfähre »Columbia«
- In den USA werden die ersten Fälle von AIDS bekannt
- Hochzeit des Jahres: Der britische Thronfolger Charles, Prince of Wales, heiratet Lady Diana

1982

- Krieg um die Falkland-Inseln
- Sozialliberale Koalition bricht auseinander; Helmut Kohl wird neuer Bundeskanzler
- Selbstjustiz vor Gericht: der »Fall Bachmeier«
- »E. T. – der Außerirdische« wird zum Kinohit

1983

- US-Invasion auf Grenada
- Skandal um gefälschte Hitler-Tagebücher
- Aerobic wird in der Bundesrepublik populär

1984

- Richard von Weizsäcker wird Bundespräsident
- Ermordung von Indiens Ministerpräsidentin Indira Gandhi, Nachfolger wird ihr Sohn Rajiv Gandhi

1985

- Michail Gorbatschow wird neuer Kremlchef
- Sensation: Boris Becker siegt als erster Deutscher in Wimbledon
- »Live-Aid-Concert« für Afrika

1986

- Attentat auf Schwedens Ministerpräsident Olof Palme
- Katastrophe im Kernkraftwerk Tschernobyl
- Explosion der US-Raumfähre »Challenger«
- Premiere des Musicals »Cats« in Hamburg

1987

- Widerstand gegen Volkszählung
- Barschel-Affäre in Kiel
- Matthias Rust landet mit einem Sportflugzeug auf dem Roten Platz in Moskau

1988

- Atommüllskandal in Hessen
- Ende des Golfkriegs
- Geiseldrama von Gladbeck als Medienspektakel
- Dopingskandal überschattet Olympische Spiele in Seoul
- Reagan und Gorbatschow vereinbaren Verschrottung atomarer Mittelstreckenraketen

1989

- Die DDR öffnet ihre Grenzen
- Blutbad auf dem Platz des Himmlischen Friedens in Peking
- Demokratisierungskurs im gesamten Ostblock
- »Exxon Valdez«: Ölpest vor Alaska

◀ **Jüngster Wimbledon-Sieger aller Zeiten: Der 17jährige Boris Becker 1985**

Donnerstag 17. April

Politik

Wegen der Geiselnahme in der amerikanischen Botschaft in Teheran verfügt US-Präsident Jimmy Carter weitere Sanktionen, darunter ein Handelsembargo gegen den Iran, nachdem am 7. April schon die diplomatischen Beziehungen abgebrochen und ein Einfuhrstopp für iranische Waren verhängt wurden. Carter droht außerdem mit militärischen Schritten, falls die seit November 1979 gefangengehaltenen Geiseln verletzt oder getötet würden. Erst im Januar 1981 werden die Geiseln freigelassen.

Auffällig unauffällig: So stellt sich die lässige Frau der 80er ihre Mode zusammen

Politik

Die Gefangenenhilfsorganisation Amnesty International berichtet über systematische Folter an politischen Gefangenen in Kolumbien. Das Land wird zwar von einer Zivilregierung geführt, steht aber seit 30 Jahren unter Kriegsrecht.

Wetter

Recht verregnet ist der April 1980. Es fallen 91 mm Niederschlag; das langjährige Mittel für diesen Monat liegt nur bei 41 mm.

Freitag 17. April

Politik

Die »Land-Solidarität«, die Gewerkschaft der polnischen Privatbauern, wird von der Regierung in Warschau anerkannt.

Politik

Auf dem korsischen Flughafen Ajaccio wird ein Mensch bei einem Bombenanschlag getötet. Der Sprengsatz explodiert kurz nach der Ankunft des französischen Staatspräsidenten Valéry Giscard d'Estaing.

Leger und bequem: Herrenmode im Oversize-Stil mit Jackenmantel

Kultur

Die »Washington Post« gibt den Pulitzer-Preis für Journalistik zurück, nachdem sich herausgestellt hat, daß die prämierte Reportage über einen achtjährigen Heroinsüchtigen weitgehend erfunden ist.

Wetter

Den Erwartungen entspricht das Wetter im April 1981. Die Durchschnittstemperatur – 8,1 °C – liegt 0,2 °C unter dem langjährigen Mittel.

Samstag 17. April

Politik

Nach 51 Jahren Unabhängigkeit innerhalb des britischen Commonwealth erhält Kanada seine erste eigenständige Verfassung. Diese tritt an die Stelle der British North Act von 1867.

Gesellschaft

Der britische Thronfolger Prinz Charles erklärt in einer Ansprache vor Naturschützern, der Mensch sei dabei, durch ungehemmte Ausbeutung der Erde und Verschmutzung der Umwelt sich selbst zu einer vom Aussterben bedrohten Spezies zu machen. Er fordert eine Änderung der Lebensweise, um die Ressourcen der Erde zu schonen.

Gesellschaft

Zu einem städtischen »Frühjahrsputz« rufen mehrere Zeitungen in der DDR die Bürger auf. Eine ähnliche Großreinemach-Aktion gibt es auch in der sowjetischen Hauptstadt Moskau.

Wetter

Nicht besonders warm ist es im April 1982. Die Durchschnittstemperatur erreicht nur 7,7 °C, der langjährige Mittelwert liegt dagegen mit 8,3 °C um 0,6 °C über der diesjährigen Temperatur.

Sonntag 17. April

Gesellschaft

Günter Mittag, im SED-Politbüro für Wirtschaftsfragen zuständig, besucht die größte deutsche Industriemesse in Hannover und reist anschließend zu Gesprächen mit Wirtschaftsminister Otto Graf Lambsdorff (FDP) und Vertretern der westdeutschen Wirtschaft nach Bonn. Aus Protest gegen den bislang ungeklärten Tod eines Transitreisenden empfängt aber Bundeskanzler Helmut Kohl (CDU) den DDR-Politiker nicht.

Kultur

Der Ostberliner Lyriker und Übersetzer Erich Arendt wird nachträglich zu seinem 80. Geburtstag (am 15. April) auch im Westteil der Stadt gefeiert. Die Akademie der Künste veranstaltet zu seinen Ehren eine Matinee.

Rekorde in den 80er Jahren

1500 m: S. Aouita (MAR) – 3:29,46 min (1985)
Stabhochsprung: Sergej Bubka (URS) – 6,00 m (1985)
100 m: Florence Griffith (USA) – 10,49 sec (1988)
Hochsprung: Javier Sotomayor (CUB) – 2,44 m (1989)

Wetter

Milde Temperaturen locken im April 1983 ins Freie. Im Durchschnitt klettert die Quecksilbersäule auf 9,3 °C; damit liegt die Temperatur 1 °C über dem langjährigen Mittel.

Dienstag 17. April

Politik

Durch Schüsse, die aus dem libyschen »Volksbüro« abgegeben werden, wird in London eine Polizistin während einer Demonstration gegen Libyens Revolutionsführer und De-Facto-Staatschef Muammar al Gaddhafi getötet. Zehn Demonstranten erleiden Verletzungen. Wegen der Vorfälle bricht Großbritannien am 22. April die diplomatischen Beziehungen zu Libyen ab.

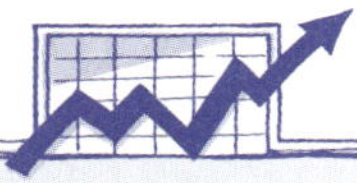

Preise in den 80er Jahren

1 kg Butter	9,44
1 kg Mehl	1,36
1 kg Fleisch	11,83
1 l Vollmilch	1,22
1 Ei	0,26
10 kg Kartoffeln	8,84
1 kg Zucker	1,94
Stundenlohn	17,23

in DM, Stand 1985

Gesellschaft

Sechs Prozent weniger Besucher als im Vorjahr verzeichnet die Textilienmesse »Interstoff« in Frankfurt am Main. Als mögliche Ursache für den Schwund gelten die steigenden Arbeitslosenzahlen, die auch die Absatzchancen von Bekleidung und Heimtextilien sinken lassen.

Wetter

Recht durchschnittlich ist das Wetter im April 1984. Die Quecksilbersäule steigt im Durchschnitt auf 8,6 °C an, ein Plus von 0,3 °C gegenüber dem langjährigen Mittelwert.

Mittwoch 17. April

Politik

Kriegsschiffe mit Kernwaffen an Bord dürfen isländische Hoheitsgewässer nicht mehr befahren. Dies erklärt die Regierung in Rejkjavik.

Gesellschaft

Mit 850 000 Besuchern verzeichnet die Industriemesse in Hannover, auf der bis zum 24. April mehr als 7100 Firmen aus 56 Ländern ihre Erzeugnisse vorstellen, einen Rekord in ihrer 38jährigen Geschichte.

Politik

Ein Abkommen zwischen Italien und dem Vatikan über die Finanzierung der katholischen Kirche und den Status der kirchlichen Körperschaften wird vom italienischen Parlament gebilligt. Die Regierung muß künftig alljährlich eine Liste derjenigen Körperschaften und Institutionen vorlegen, die Steuervorteile genießen.

Wetter

Nur mit Regenschirm empfiehlt sich im April 1985 ein Spaziergang. Statt der nach dem langjährigen Mittel zu erwartenden 41 mm gibt es 62 mm Niederschlag.

Donnerstag 17. April

Politik

Die Verlängerung des Grundwehrdienstes von 15 auf 18 Monate ab 1. Juni 1989 beschließt der Bundestag in Bonn. Als die Regelung in Kraft treten soll, wird sie noch einmal um drei Jahre ausgesetzt, weil genügend Rekruten zur Verfügung stehen. 1996 wird der Wehrdienst auf zehn Monate verkürzt.

Politik

Prominentester Gast auf dem 11. Parteitag der SED in Ostberlin ist der sowjetische Parteichef Michail Gorbatschow, der in einer Rede neue Vorschläge zur Reduzierung konventioneller Waffen in Europa vorlegt.

Gesellschaft

Vereitelt wird in London ein Anschlag auf einen Jumbo-Jet der israelischen Fluggesellschaft El Al. Eine Sprengladung, die ein Jordanier seiner Freundin ins Handgepäck geschmuggelt hatte, wird vor dem Start entdeckt.

Wetter

Sonnenhungrige haben im April 1986 das Nachsehen. Nur 91 Stunden scheint die Sonne; nach dem langjährigen Mittel sind 193 Stunden zu erwarten.

Freitag 17. April

Politik

An den Ostermärschen der Friedensbewegung beteiligen sich nach Angaben der Veranstalter bis zum 20. April im ganzen Bundesgebiet 300 000 Menschen.

Politik

Bei Terroranschlägen separatistischer Tamilen auf Busse und Lkw kommen im Osten von Sri Lanka 127 Singhalesen ums Leben. Militante Gruppen aus der tamilischen Minderheit des Landes kämpfen seit 1983 in einem Bürgerkrieg für ihre Autonomie.

Stars der 80er Jahre

Richard Gere
Filmschauspieler
Madonna
Sängerin
Harrison Ford
Filmschauspieler
Jodie Foster
Filmschauspielerin
Michael Jackson
Sänger

Gesellschaft

Strafzölle gegen Elektroprodukte aus Japan verhängt der amerikanische Präsident Ronald Reagan. Die USA reagieren damit auf einen japanischen Verstoß gegen ein bilaterales Computerchip-Abkommen vom September 1986.

Wetter

Die Temperatur im April 1987 liegt mit 9,7 °C über dem langjährigen Mittel von 8,3° C.

Sonntag 17. April

Politik

Der portugiesische Staatspräsident Mario Soares kommt erstmals zu einem offiziellen Besuch nach Bonn. Im Mittelpunkt der Gespräche mit Kanzler Helmut Kohl steht die Rolle des südeuropäischen Landes in der Europäischen Gemeinschaft. Während der faschistischen Diktatur in Portugal hatte der Sozialist Soares lange in der Bundesrepublik gelebt.

Sport

Mit einer Zeit von 2:06,50 Stunden läuft der Äthiopier Belaine Desimo beim Marathon in Rotterdam Weltrekord über die 42,195 km-Distanz.

Gesellschaft

»ML – Mona Lisa« lautet der Titel des ersten Frauenmagazins im deutschen Fernsehen. Maria von Welser moderiert die ZDF-Sendung, die sich mit aktuellen Frauenthemen beschäftigen, aber keine feministischen Parolen ausgeben will.

Wetter

Extrem trocken ist der April 1988. Im ganzen Monat wird nur ein Millimeter Niederschlag gemessen. 41 Millimeter entsprechen dem Mittelwert.

Montag 17. April

Politik

Nach über siebenjähriger Untergrundarbeit wird die polnische Gewerkschaft »Solidarität« vom Warschauer Bezirksgericht offiziell wieder zugelassen. In Polen ist der Reformprozeß, der schließlich zum Zusammenbruch des sozialistischen Systems führt, schon relativ weit fortgeschritten. Nach Gesprächen am runden Tisch werden für die Parlamentswahlen im Juni erstmals auch oppositionelle Kandidaten zugelassen.

Gesellschaft

In Österreich wird Vergewaltigung auch in der Ehe unter Strafe gestellt.

Kultur

Das Musical »Aspects of Love« von Andrew Lloyd Webber erlebt in London seine umjubelte Premiere. Der Komponist, der u.a. die Kassenschlager »Cats« und »Phantom der Oper« schrieb, zählt zu den erfolgreichsten Vertretern des Genres.

Wetter

Nicht sehr sonnig ist der April 1989. Die Sonnenscheindauer liegt bei 127 Stunden, nach dem langjährigen Mittel wären 193 Stunden zu erwarten.

INAUGURATION OF
PRESIDENT

1990 – 1996

Highlights des Jahrzehnts

1990

- Wiedervereinigung Deutschlands
- Südafrika: Nelson Mandela nach 27jähriger Haft freigelassen
- Irakische Truppen überfallen das Emirat Kuwait
- Gewerkschaftsführer Lech Walesa neuer polnischer Präsident
- Litauen erklärt Unabhängigkeit
- Deutsche Fußballnationalelf zum dritten Mal Weltmeister
- Star-Tenöre Carreras, Domingo und Pavarotti treten gemeinsam auf

1991

- Alliierte befreien Kuwait und beenden den Golfkrieg
- Auflösung des Warschauer Pakts
- Bürgerkrieg in Jugoslawien
- Auflösung der Sowjetunion – Gründung der GUS
- Sensationeller archäologischer Fund: »Ötzi«
- Vertrag von Maastricht
- Sieben Oscars für Kevin Costners »Der mit dem Wolf tanzt«
- Bürgerkrieg in Somalia
- Frieden im Libanon

1992

- Abschaffung der Apartheid-Politik in Südafrika
- Entsendung von UNO-Blauhelmsoldaten nach Jugoslawien
- Tod des ehemaligen Bundeskanzlers Willy Brandt
- Bill Clinton zum 42. US-Präsidenten gewählt
- In Hamburg wird mit Maria Jepsen zum ersten Mal eine Frau Bischöfin
- Fertigstellung des Rhein-Main-Donau-Kanals

1993

- Teilung der ČSFR in die Tschechische und die Slowakische Republik
- Rechtsradikale Gewaltakte gegen Ausländer
- Gaza-Jericho-Abkommen zwischen Israel und der PLO
- Skandal um HIV-Blutplasma
- Einführung von fünfstelligen Postleitzahlen im Bundesgebiet
- Sexskandal um Pop-Star Michael Jackson

1994

- Nelson Mandela erster schwarzer Präsident Südafrikas
- Fertigstellung des Eurotunnels unter dem Ärmelkanal
- Über 900 Todesopfer beim Untergang der Fähre »Estonia«
- Abzug der letzten russischen Truppen aus Berlin
- Michael Schumacher erster deutscher Formel-1-Weltmeister

1995

- Weltweite Proteste gegen französische Atomversuche im Pazifik
- Giftgasanschlag in Tokio
- Einführung von Pflegeversicherung und Solidaritätszuschlag
- Verpackungskünstler Christo verhüllt den Berliner Reichstag
- Ermordung des israelischen Regierungschefs Yitzhak Rabin
- Friedensvertrag für Bosnien

1996

- Arafat gewinnt Wahlen in Palästina
- IRA kündigt Waffenstillstand auf
- 100 Jahre Olympia: Jubiläumsspiele der Superlative in Atlanta

◀ **Der Präsident spielt Saxophon: Bill Clinton feiert 1993 die Amtseinführung**

Dienstag 17. April

Politik

Albanien will möglichst bald diplomatische Beziehungen zu den USA, der Sowjetunion und zur Europäischen Gemeinschaft aufnehmen. Nach dem Austritt aus dem osteuropäischen Wirtschaftsbündnis RWG 1961 hatte sich das Land zunehmend isoliert und sich 1978 auch mit seinem letzten Verbündeten, der Volksrepublik China, überworfen.

Preise in den 90er Jahren

1 kg Butter	8,20
1 kg Mehl	1,21
1 kg Fleisch	12,85
1 l Vollmilch	1,33
1 Ei	0,27
10 kg Kartoffeln	10,30
1 kg Zucker	1,92
Stundenlohn	24,91

in DM, Stand 1993

Technik

Zwei kanadische Kampfflugzeuge vom Typ F 18 stoßen über Karlsruhe zusammen und stürzen über dem Stadtgebiet ab. Ein Pilot kommt ums Leben.

Gesellschaft

Die DDR-Fernsehgesellschaft Deutscher Fernsehfunk strahlt erstmals Werbung aus.

Wetter

216 Stunden lang scheint im April 1990 die Sonne. Gegenüber dem langjährigen Mittel bedeutet dies ein Plus von 23 Stunden.

Mittwoch 17. April

Politik

Der Iran wirft dem Westen vor, er übersehe in seiner Konzentration auf die kurdischen Flüchtlinge im Nordirak völlig die ebenfalls verfolgten Schiiten, die aus dem Süden des Irak fliehen müßten.

Gesellschaft

Die Europäische Bank für Wiederaufbau und Entwicklung in Osteuropa nimmt in London ihre Arbeit auf.

Gesellschaft

Durch Nährstoffeinleitungen und besondere Witterungsbedingungen droht der Ostsee der Erstickungstod. Dies geht aus einem Bericht der schleswig-holsteinischen Regierung hervor. Im flachen westlichen Teil des Meeres beginnt die lebensfreie Zone schon bei 14 m unter der Wasseroberfläche.

Rekorde in den 90er Jahren

Weitsprung: Mike Powell (USA) – 8,95 m (1991)
110 m Hürden: Colin Jackson (USA) – 12,91 sec (1993)
Skifliegen: E. Bredesen (NOR) – 209 m (1994)
Dreisprung: J. Edwards (GBR) – 18,29 m (1995)

Wetter

Ganz erwartungsgemäß entwickeln sich die Temperaturen im April 1991. Durchschnittlich werden 8,5 °C erreicht; die Temperatur liegt damit um 0,2 °C über dem langjährigen Mittelwert.

Freitag 17. April

Politik

Um estnische Staatsbürger werden zu können, müssen sich auch die im Land ansässigen Russen künftig zunächst einem Sprachtest unterziehen.

Krawatte ist kein Muß mehr: Anzug mit zweireihigem Sakko

Gesellschaft

Der Verkauf von Schuhen, auf deren Sohlen Textzeilen aus dem Koran, der heiligen Schrift des Islam, aufgedruckt sind, ruft in London heftige Proteste unter den dort lebenden Moslems hervor.

Gesellschaft

Der amerikanische Fast-food-Gigant McDonald's teilt mit, daß 1991 erstmals in der Firmengeschichte mehr Filialen im Ausland als in den USA eröffnet wurden. Besonders stolz ist die Hamburger-Kette auf ihre höchst erfolgreiche Niederlassung in Moskau.

Wetter

Frühlingshaft sind die Temperaturen im April 1992. Durchschnittlich werden 9,3 °C erreicht, 1 °C mehr als nach dem Mittel zu erwarten ist.

Samstag 17. April

Gesellschaft

Im Prozeß um die Mißhandlung eines schwarzen Autofahrers durch weiße Polizisten, die zufällig von einem Amateurfilmer aufgezeichnet wurde, werden in Los Angeles zwei der vier Angeklagten schuldig gesprochen. Ein Geschworenengericht in Simi Valley, 60 Kilometer von Los Angeles entfernt, hatte im April 1992 auf Freispruch entschieden. Das Urteil löste in mehreren Städten der USA schwere Unruhen aus, bei denen 58 Menschen getötet und 2300 verletzt wurden.

Politik

Der Präsident der Kauskasus-Republik Tschetschenien, Dschochar Dudajew, der 1991 einseitig die Unabhängigkeit seines Landes von Rußland erklärt hat, löst das Parlament auf und führt eine sog. Präsidentenherrschaft ein.

Für die heißen Sommer der 90er Jahre: Kleid mit Bustieroberteil

Wetter

Reichlich Sonne hat der April 1993 zu bieten. 232 Stunden Sonnenschein werden registriert, nach dem langjährigen Mittelwert waren nur 193 Stunden zu erwarten.

Sonntag 17. Mai

Politik

Serbische Panzer rücken in die bosnische Stadt Gorazde vor, die von der UNO zur Moslem-Schutzzone erklärt worden ist. Erst als die NATO mit Vergeltungsschlägen droht, ziehen die Serben ihre schweren Waffen am 27. April zurück.

Politik

Die radikale Palästinenserorganisation Hamas – arabisch für Befreiung –, die als Urheberin zahlreicher Gewaltakte gegen Israel gilt, wird in Jordanien verboten.

Sport

Die Berlinerin Uta Pippig gewinnt den Boston-Marathon in 2:21,45 Stunden, der drittschnellsten von einer Frau gelaufenen Zeit über die Distanz von 42,195 km.

Wetter

Angenehm warm ist es im April 1994. Die Durchschnittstemperatur von 9,9 °C liegt um 1,6 °C über dem langjährigen Mittelwert.

Stars der 90er Jahre

Kevin Costner
Filmschauspieler
Julia Roberts
Filmschauspielerin
Whitney Houston
Sängerin
Michael Schumacher
Rennfahrer
Luciano Pavarotti
Sänger

Montag 17. Mai

Politik

Der südafrikanische Staatschef Nelson Mandela entläßt seine Ehefrau Winnie Mandela aus der Regierung, der sie als Vizeministerin für Kunst, Kultur, Wissenschaft und Technologie angehörte. Winnie Mandela, die seit drei Jahren von ihrem Mann getrennt lebt, hat wiederholt dessen Aussöhnungspolitik kritisiert. Vor allem war sie jedoch wegen der mutmaßlichen Beteiligung am Mord eines Jungen für die Regierung untragbar geworden.

Gesellschaft

Nur 250 Menschen kommen zur Abschlußkundgebung des Ostermarsches in Frankfurt am Main. Auch im übrigen Bundesgebiet ist die Teilnahme an den traditionellen Friedensmärschen gering.

Technik

Die französische Fähre »St. Malo« läuft vor der britischen Kanalinsel Jersey auf einen Felsen und schlägt leck. Alle 307 Passagiere werden gerettet.

Wetter

Etwas wärmer als gewöhnlich ist das Wetter im April 1995. Die Durchschnittstemperatur – 9,2 °C – übertrifft den langjährigen Mittelwert um 0,9 °C.

Mittwoch 17. April

Donnerstag 17. April

Montag 17. April

Sirimavo Bandaranaike

***17.4.1916, Balangoda**

Die Witwe des 1959 ermordeten Politikers Salomon Bandaranaike war 1960 die erste Frau, die in einer Demokratie zur Regierungschefin gewählt wurde. In ihren Amtszeiten (1960–65 und 1970–77) setzte Sirimavo Bandaranaike auf einen sozialistischen Kurs und bemühte sich um die Verbesserung der Lebensverhältnisse in Sri Lanka, etwa durch die Einführung von kostenloser Schulbildung. 1994 kehrte sie ins Amt der Regierungschefin zurück – als Nachfolgerin ihrer Tochter Chandrika Kumaratunga, die das Präsidentenamt übernahm.

Mittwoch 17. April

James (Hans) Last

***17.4.1929, Bremen**

Der »Party-Sound« der 1965 gegründeten James-Last-Big-Band wurde ab den 60er Jahren zum Inbegriff der Tanzmusik. Viele populäre Hits, Schlager und auch Volkslieder verwandelten sich in Lasts gefälligen Swing-Arrangements zu Stimmungsmachern für private und öffentliche Tanzveranstaltungen und brachten ihrem Arrangeur fast 200 Goldene Schallplatten ein. Doch auch als Komponist eigener Titel hatte der Bremer Erfolg: Berühmtestes Beispiel ist der Song »Fool«, den Elvis Presley 1972 interpretierte.

Donnerstag 17. April

Chris Barber

***17.4.1930, London**

»Petite Fleur«, der von dem US-amerikanischen Jazzmusiker Sidney Bechet verfaßte Ohrwurm, verhalf dem Posaunisten Chris Barber 1959 zum internationalen Durchbruch. In Großbritannien war der Musiker dagegen als Vertreter des traditionellen Dixieland-Jazz schon vorher äußerst populär. Vor allem seine 1953 zusammen mit Ken Colyer gegründete Band übte zu Beginn der 60er Jahre starken Einfluß auf die Popmusik aus. Auch die damals noch nicht besonders berühmten Beatles waren von Barbers Stil beeindruckt.

Samstag 17. April

Ferdinand Piëch

***17.4.1937, Wien**

Der Enkel von Käfer-Konstrukteur Ferdinand Porsche erwies sich als große technische Begabung. Vor allem Audi verdankt dem Innovationsgeist von Ferdinand Piëch viel, u.a. den 5-Zylinder-Ottomotor, den permanenten Allradantrieb oder die vollverzinkte Karosserie sowie zweimal – für den Audi 80 und den Audi 100 – das Prädikat »Auto des Jahres«. Am 1. Januar 1993 übernahm Piëch den Vorstandsvorsitz der Audi-Mutter VW und leitete – zusammen mit dem früheren Opel-Manager José Ignazio Lopez – einen Rationalisierungskurs ein.

Mittwoch 17. April

Anja Silja

***17.4.1940, Berlin**

Mit zwölf Jahren gab die Sopranistin Anja Silja in Hamburg ihr erstes großes Konzert mit Liedern und bekannten Opernarien. Nach Engagements in Braunschweig, Berlin und Frankfurt am Main entdeckte Wieland Wagner, dem sie bis zu seinem Tod 1966 auch privat eng verbunden blieb, Anja Silja 1960 für die Bayreuther Festspiele. Ein umfassendes Repertoire und ihre eindrucksvolle Interpretationskunst sicherten der Sängerin eine glanzvolle Laufbahn. 1990 gab Anja Silja in Brüssel ihr Debüt als Regisseurin mit Wagners »Lohengrin«.

Impressum

Autor:	Beatrix Gehlhoff, Hamburg
Redaktion:	Simone Harland, Pegestorf
Bildredaktion:	Sonja Rudowicz
Umschlaggestaltung und Layout:	Pro Design, München
Satz:	JOSCH Werbeagentur, Essen
Druck:	Brepols, Turnhout

Abbildungsnachweis: Interfoto, München: 128, 130, 131, 132; Public Address, Hamburg: 129.
Modefotos 1900–30er Jahre, Damenmode 40er Jahre, Damenmode 50er Jahre: Bertelsmann Lexikon Verlag, Gütersloh; Modefotos Herrenmode 40er Jahre, Herrenmode 50er Jahre, 60er–90er Jahre: Prof. Dr. Ingrid Loschek, Boxford.
Alle übrigen Abbildungen: Bettmann Archive/UPI/Reuters/John Springer Coll., New York.

Trotz größter Sorgfalt konnten die Urheber des Bildmaterials nicht in allen Fällen ermittelt werden. Wir bitten gegebenenfalls um Mitteilung.

ISBN 3-577-30417-0

Vom 1. Januar bis zum 31. Dezember

Individuelle Bücher – für jeden Tag des Jahres eines. Mit allen wichtigen Ereignissen, die sich genau an diesem besonderen Tag während der Jahre unseres Jahrhunderts zugetragen haben. Doch trotz all der großen Ereignisse des Weltgeschehens – es gibt immer auch persönlich wichtige Daten für jeden einzelnen Menschen, sei es ein Geburtstag, Hochzeitstag, Erinnerungstag oder der Tag, an dem eine entscheidende Prüfung bestanden wurde. So wird aus einem Tag im Spiegel des Jahrhunderts zugleich auch ein »persönlicher« Tag. Und endlich gibt es für all diese Anlässe das richtige Buch, das passende Geschenk!

Persönliches Horoskop

Was sagen die Sterne zu den jeweiligen Tagen? Außerdem erfahren Sie, welche bekannten Menschen unter dem gleichen Sternzeichen geboren wurden.

DIE PERSÖNLICHE CHRONIK
Das Buch vom
31.
DEZEMBER
Ein ganz besonderer Tag
Chronik Verlag

Menschenkenntnis

ECON Sachbuch

Peter Lauster

Menschenkenntnis

Körpersprache, Mimik und Verhalten

ECON Taschenbuch Verlag

Sonderausgabe

Originalausgabe
8. Auflage 1994

Umschlagaquarell: Peter Lauster

Druck und Bindearbeiten: Ebner Ulm
Printed in Germany
ISBN 3-612-27991-2

Inhalt

Vorwort

Wissen Sie, was Mimik, Gestik und Sprechweise eines Menschen bedeuten? Kann man Intelligenz an bestimmten Ausdrucksmerkmalen erkennen? Mit welchen Statussymbolen versuchen Menschen, aufeinander Eindruck zu machen? Welche Vorurteile stehen einer objektiven Beurteilung des Mitmenschen im Wege? Das ist nur eine kleine Auswahl von Fragen, die dieses Buch beantworten möchte. Die Lektüre soll Ihnen helfen, die »intuitive Menschenkenntnis«, die jeder mehr oder weniger besitzt, durch Informationen der wissenschaftlichen Psychologie zu bereichern – denn Sie können von Forschungsergebnissen und Experimenten der Wissenschaftler profitieren.

Das Buch vermittelt in zwei Teilen einen Überblick über Verhalten und Reaktionsweisen des Menschen. Im ersten Teil wird dargestellt, wie sich das Seelenleben nach außen hin zeigt, in der Mimik, Körpersprache, Stimme, Sprechweise, Handschrift und im Körperbau. Im zweiten Teil wird versucht, die innere Struktur des Seelischen anhand verschiedener Persönlichkeitsmodelle, die die Psychologie in den letzten achtzig Jahren entworfen hat, darzustellen.

Die Absicht des Buches liegt vor allem darin, dem Leser die Intentionen und das Ausdrucksverhalten der Mitmenschen besser verständlich zu machen.

Verständnis erzeugt ein Klima des besseren Kontakts und verhindert aggressives Verhalten, denn genauere Menschenkenntnis macht das Zusammenleben friedlicher und harmonischer. Die wissenschaftlichen Erkenntnisse der Psychologie sollten deshalb eine große Verbreitung finden damit jeder gleiche Chancen für das Verständnis seiner Mitmenschen und für sein eigenes Selbstverständnis besitzt.

Bei der Durchsicht und Aktualisierung dieses Buches (die erste Auflage ist 1973 erschienen) stellte ich fest, daß sich das Buch vor allem gut als ein »Einstieg« in die psychologische Menschenkenntnis eignet, also ein weitgespanntes Grundlagenwissen dem Interessierten vermitteln kann.

Peter Lauster, im März 1985

Erster Teil:
Der Ausdruck des Menschen

Angeborenes Ausdrucksverhalten

Ist das Ausdrucksverhalten im genetischen Code festgelegt? Zeigt der Mensch arttypische Reaktionsweisen, die von Geburt an da sind, ohne gelernt zu werden? Die Verhaltensforscher haben festgestellt, daß Tiere in starkem Ausmaß nach vererbten Regeln handeln. Wie frei ist dagegen der Mensch?

An neugeborenen Babys wurde untersucht, welche Verhaltensweisen der Säugling schon mit auf die Welt bringt. Angeboren ist beispielsweise das richtige Zusammenspiel von Atmen und Schlucken beim Trinken an der Mutterbrust. Auch Lachen und Weinen sind angeboren. Der Beweis sind taubblinde Kinder, die in ewiger Nacht und Stille heranwachsen und Lachen und Weinen weder hören noch sehen. Auch sie lachen und weinen wie jeder normale Mensch. Bei Ärger ziehen sie senkrechte Zornesfalten, denn der Mensch besitzt eine elementare, angeborene Mimik, die auf Verständigung angelegt ist.

Taubblindes neunjähriges Mädchen lächelt und weint. Ein Beweis für die angeborenen, elementaren Ausdrucksbewegungen

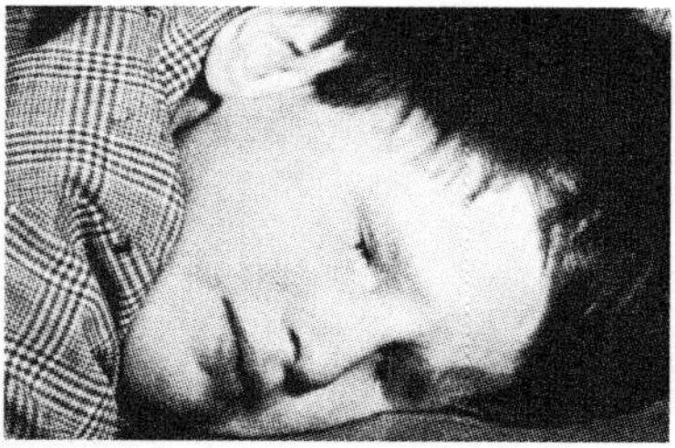

ausgeglichen

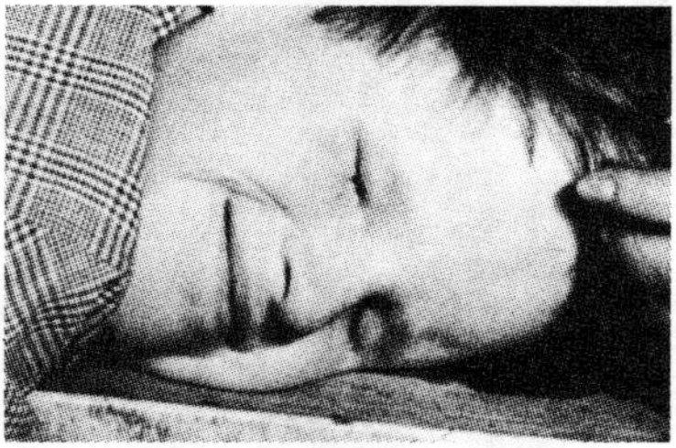

lächelnd

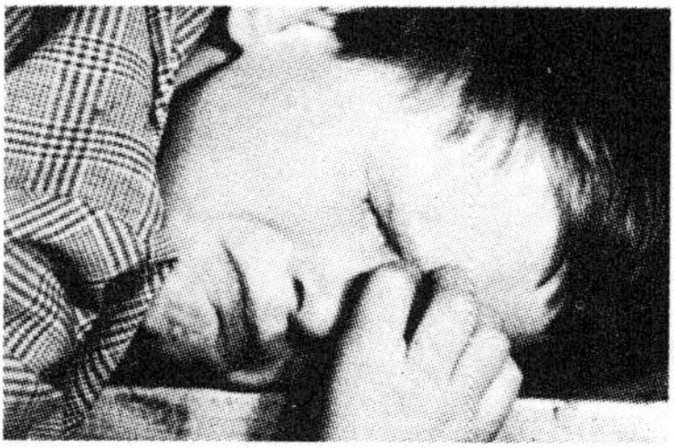

weinend

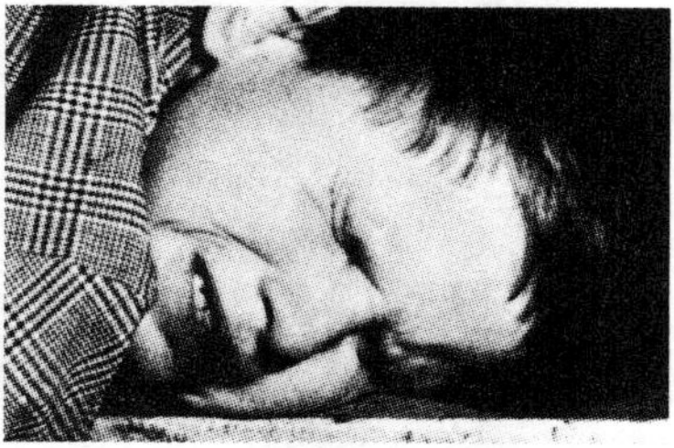

weinend

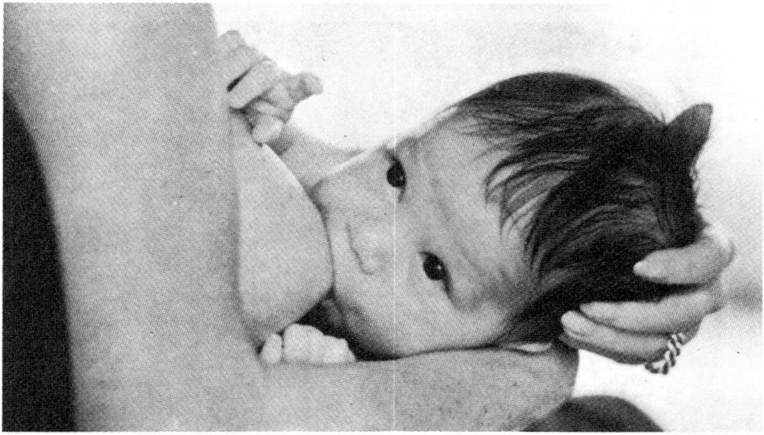

Auch das Saugen an der Mutterbrust muß nicht gelernt werden, sondern ist ererbt

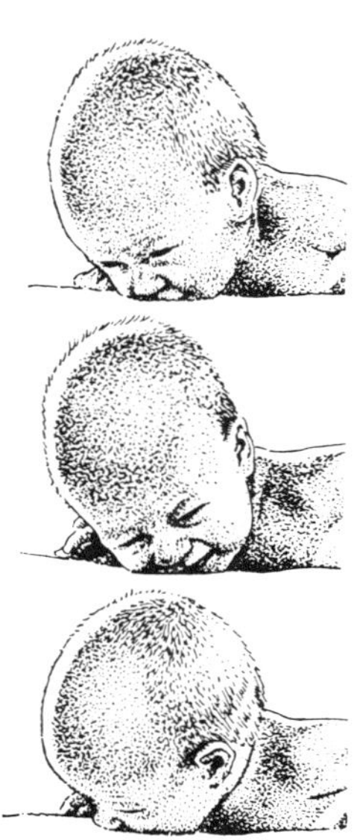

Angeborener Suchmechanismus des Säuglings nach der Brustwarze

Vier Phasen des freundlichen Grußes (Augengruß)

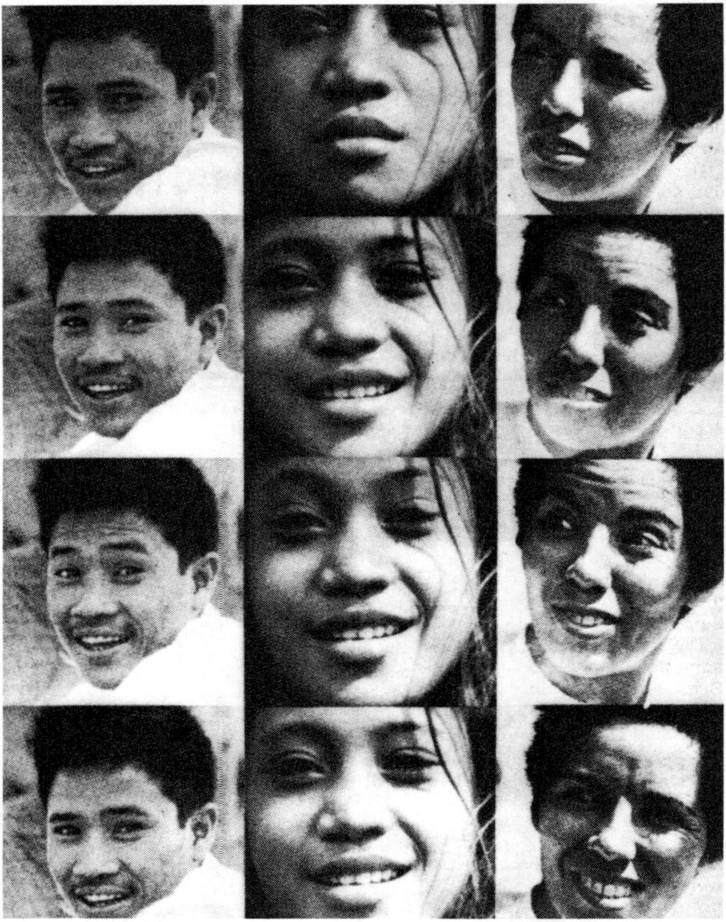

1 2 3 4

Balinese *Samoanerin* *Französin*

Der deutsche Verhaltensforscher Irenäus Eibl-Eibesfeldt hat festgestellt, daß elementare Ausdrucksbewegungen in allen Kulturen gleich auftreten. Beim freundlichen Grüßen wird zum Beispiel gelächelt und leicht genickt; dann werden in etwa einer Sechstelsekunde beide Augenbrauen gehoben (Augengruß).

Der Augengruß bedeutet die Bejahung des sozialen Kontaktes. Frauen färben die Partie unter den Brauen und über dem Augenlid mit gutem Grund. Beim Brauenheben erhält diese bläulich oder grünlich scheinende Fläche dann eine

Zwei Schimpansen begrüßen sich mit einem Kuß

besondere Größe und Wirksamkeit. Der Augengruß ist beim Flirten von Bedeutung, er ist ein Signal für die positive Bereitschaft zur Aufnahme des Kontakts.

Die Verhaltensforscher glauben, daß auch Umarmungen und der Kuß bei der Begrüßung angeborene Ausdrucksmittel sind.

Ein Säugling kann, ohne es gelernt zu haben, saugen, sich anklammern, lächeln und schreien. Professor Eibl-Eibesfeldt: »Auch schwer hirngeschädigte Kinder, denen man mit größter Mühe nicht beibringt, wie man einen Löffel zum Mund führt, lächeln, lachen und weinen.«

Auch die Mimik der Verlegenheit ist angeboren. Einem *blinden* Mädchen machte der Verhaltensforscher Eibl-Eibesfeldt ein Kompliment. Es errötete, wendete ihm kurz das Gesicht zu und senkte den Blick. Dieser Verlegenheitsausdruck kann nicht durch Nachahmung gelernt sein, weil das Mädchen ja blind war.

Sehr wahrscheinlich ist auch der Drohausdruck angeboren. Die Arme werden einwärts gerollt und die Schultern gehoben. Die Haare an Armen, Rücken und Schultern richten sich auf. Man verspürt dabei einen leichten Schauer. Menschen, die durch bedrohliche Signale

Die Betonung der Schultern in verschiedenen Kulturen als Machtdemonstration

Waika-Indianer

Japanischer Kabuki-Schauspieler

Alexander II. von Rußland

den Ausdruck der Macht und Einschüchterung erzielen wollen, betonen aus diesem Grund ihre Schultern.

Beim Drohen werden die Zähne gezeigt. In diesem mimischen Verhalten sind Menschen von Pavianen gar nicht so weit entfernt.

Ein wütender Mandrill zeigt in gleicher Weise die Zähne wie ein europäisches Mädchen, um seine Wut auszudrücken. Das Zähnezeigen ist ein angeborenes Ausdrucksmittel

Der Ausdruck des Flirtens

Typisch für den Ausdruck des Flirtenden ist die Zuwendung (Blickkontakt) und die anschließende schnelle Abwendung (Kopfsenken, Lidschluß oder Wegsehen). Danach wird der Blickkontakt jedoch erneut aufgenommen.

Flirtendes Samburu-Mädchen in drei Phasen des Flirts: Blickkontakt, Lidschluß, Wegsehen und neuer Blickkontakt. Die Hand verdeckt verschämt den lächelnden Mund

Die drei Möglichkeiten des Flirts

- Blickkontakt, Lächeln, Kopfsenken mit Lidschluß.
- Blickkontakt, Lidschluß, Wegsehen.
- Blickkontakt, Wegsehen, verschämt den Mund oder die Augen hinter der Hand verstecken.

Bei Verlegenheit wird das Gesicht ganz oder teilweise verdeckt.

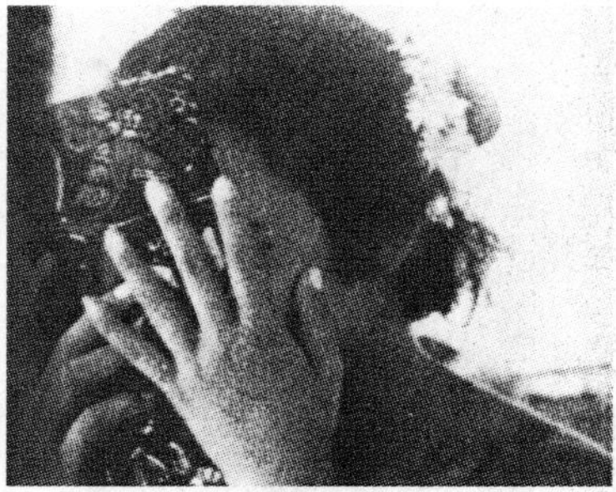

Die Gestik der Verlegenheit bei einer Balinesin. Sie verdeckt das Gesicht als Reaktion auf ein Kompliment

Zum Flirten gehört auch das Züngeln, ein kurzes Vorstrecken der Zunge, eventuell mit kurzer Leckbewegung in der Luft. Auch Naturvölker flirten auf diese Weise.

Ein flirtender Waika-Indianer

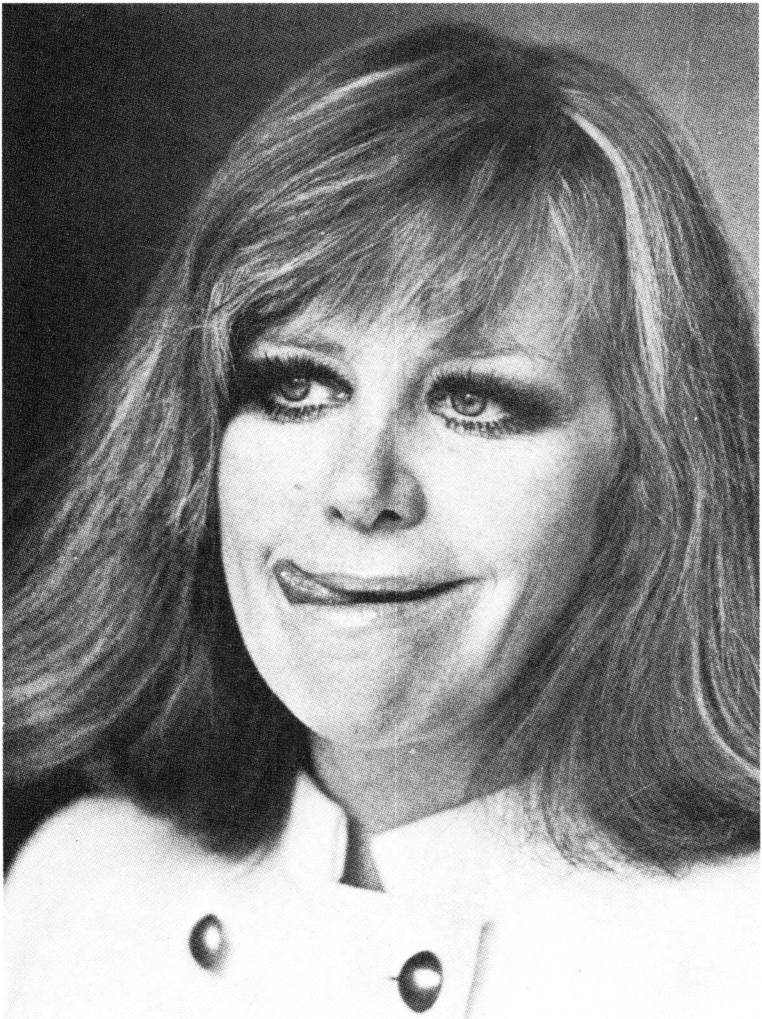

Hildegard Knef

Senta Berger

Ira zu Fürstenberg

Monika Peitsch und Helmut Förnbacher

Für den englischen Zoologen Desmond Morris ist das Züngeln weniger ein erotisches Signal, sondern mehr eine »Übersprungshandlung«. Unter diesem Fachwort verstehen die Verhaltensforscher Handlungen, die sinnlos sind. Wer sich nicht für eine eindeutige Verhaltensweise entscheiden kann, befindet sich in einem inneren Konflikt, er macht weder das eine noch das andere und kratzt sich dann am Kopf, zupft am Ohrläppchen, poliert seine Fingernägel oder spielt mit der Zungenspitze zwischen den Lippen. Diese Übersprungshandlungen geschehen unbewußt. Sie dienen dem Zweck, nervöse Spannungen zu lösen und »Dampf abzulassen«.

Vermutlich haben beide Theorien recht. Einmal dient das Züngeln zum Flirten, zum anderen in Konfliktsituationen als spannungsreduzierende Übersprungshandlung.

Die erotische Anziehung zwischen Mann und Frau kann noch an anderen körperlichen Signalen erkannt werden. Bei einer ersten Begegnung, bei der beide Personen sich voneinander angezogen fühlen, gibt es eine Reihe unterbewußter Veränderungen, die einem Menschenkenner sagen, daß »hier sich etwas anbahnt«.

Erotische Anziehung geschieht auf emotionaler Ebene in unbewußter Weise. Es ist psychologisch interessant, warum eine Person gerade diesen Menschen erotisch »aufheizt«, dagegen einen anderen »kalt« läßt. Hier spielen tiefenpsychologische Vorgänge eine Rolle, die bis in Erlebnisse der Kindheit zurückreichen. Diese schwierigen Hintergründe beschäftigen uns hier jedoch weniger; vielmehr geht es um die Frage, wie man im Alltag erkennen kann, ob sich ein anderer für mich interessiert, ob er sich angezogen fühlt und dezent mit mir zu flirten beginnt.

Nicht immer zeigt sich das erotische Angesprochensein so deutlich im Züngeln – wie auf den Abbildungen – oder in einem gut erkennbaren verschämten Wegsehen, wie das vor allem bei Naturvölkern noch ungehemmt zum Ausdruck kommt. Die meisten Menschen versuchen, ihre Gefühle zu beherrschen und ihren Gesichts- und Körperausdruck zu kontrollieren, um den Mitmenschen möglichst keine Signale der eigenen Gefühle zu zeigen. Mimik und Gestik sind deshalb beim »zivilisierten« Menschen oft nicht gelockert und impulsiv, sondern leicht angespannt und verkrampft. Dies wird um so deutlicher, wenn ein Gefühl versteckt werden soll. Deshalb kann auch ein leicht verkrampftes Verhalten ein Zeichen für Flirtbereitschaft sein. Ja, sogar leicht aggressives Verhalten kann ein Versuch sein, das Interesse am anderen zu kaschieren und herunterzuspielen, um sich »cool« zu geben.

Da jedoch erotische Anziehung ein sehr elementarer seelischer Vorgang ist, läßt er sich nur schwer ganz verbergen. Einige Körpersignale geschehen in unbewußter Weise, so daß der Körperausdruck die Wahrheit sagt und zynische oder schnippische Bemerkungen im Gespräch nur als Vortäuschung von Distanz erkannt werden können.

Untrügerische Zeichen der Anziehung sind zum Beispiel eine verstärkte Straffheit der Körperhaltung. Die Augen glänzen stärker, und der Blick sucht leicht unruhig immer wieder einen Augenkontakt, um dann blitzschnell wieder wegzusehen. Die Gesichtshaut kann rötlicher oder bleicher werden, meist jedoch rötlicher. Durch den Widerstreit zwischen Gefühl und Selbstbeherrschung kann die Errötung auch explosionsartig auftreten, was dem Betroffenen dann meist überaus peinlich ist und zu dem schwer mit Worten beschreibbaren Gesichtsausdruck der »Verwirrtheit« führt.

Es zeigt sich auch ein sogenanntes »Putzverhalten« (der Ausdruck stammt von dem amerikanischen Psychologen Scheflen). Mit der Hand wird der Sitz der Frisur abgetastet und das Kleid oder die Krawatte zurechtgezupft. Die Bewegungen werden unruhiger, wobei die gesamte Aufmerksamkeit und Wachheit gesteigert ist. Zuvor vorhandene Müdigkeit und Schlaffheit der Gesichtszüge sind plötzlich verschwunden. Die Gesichtszüge werden offener und optimistischer. Das Lebensgefühl wird insgesamt »gehobener«, und die Gesprächigkeit wächst, wobei der Blick immer wieder prüft, ob der Partner des Flirt-Interesses einen bemerkt oder gar beobachtet. Ist dies der Fall, wird der Mutigere der beiden zuerst ein Lächeln beim Blickkontakt »aussenden« und der andere leicht verschämt zurücklächeln oder gespielt arrogant wegsehen, je nach seiner momentanen psychischen Verfassung und Spielbereitschaft. Denn Flirten ist auch ein reizvolles Spiel, bei dem ausprobiert wird, wie man wirkt und welche Reaktionen man beim anderen auslösen kann.

Warum Babys so niedlich sind

Babys und kleine, junge Tiere besitzen ein »gewisses Etwas«, das sie unwiderstehlich süß wirken läßt. Der Verhaltensforscher Konrad Lorenz hat dieses Phänomen wissenschaftlich untersucht und festgestellt, daß bestimmte optische Merkmale beim Menschen Beschützer-Reaktionen auslösen. Lorenz war der Überzeugung, daß diese Reaktionen auf optische Babysignale *angeboren* sind. Die Verhaltensforschung spricht deshalb von einem »angeborenen, auslösenden Mechanismus« oder kurz vom AAM.

Konrad Lorenz beschrieb 1950 die optischen Signale des AAM so: »Relativ großer Kopf, Überwiegen des Hirnschädels, großes, tief unten gelegenes Auge, stark vorgewölbte Wangenpartie, dicke, kurze Extremitäten, prall elastische Konsistenz und täppische Bewegungsweise sind die Hauptmerkmale, die durchaus nach den Gesetzen des Reizsummenphänomens ein Kindchen oder auch eine ›Attrappe‹, wie eine Puppe oder ein Tier, ›niedlich‹ oder ›herzig‹ erscheinen lassen. Insbesondere die Produkte der Puppenindustrie, die ganz buchstäblich Ergebnisse auf breitester Basis angestellter Attrappenversuche sind, aber auch die Tierformen, die von kinderlosen Frauen als Ersatzobjekt ihres Brutpflegetriebes herangezogen werden, wie der Mops oder der Pekinese, lassen diese Merkmale in klarer Weise abstrahieren.«

Die Grafik zeigt in der linken Spalte das Kindchenschema und im Vergleich dazu den erwachsenen Mann und erwachsene Tiere, die keine Kindchensignale besitzen.

Nach der Babyzeit, wenn das Kind zu laufen beginnt, verstärken sich die Merkmale des Kindchenschemas noch. Der Grund könnte darin liegen, daß das Kind die Nähe der Mutter zu verlassen beginnt und dadurch stärker gefährdet ist. Die Natur verstärkt deshalb die »Geheimwaffe« des süßen und herzigen Ausdrucks.

Auf diese Weise wird erreicht, daß fremde Personen beim Anblick des Kleinkinds milde gestimmt werden und mit schützenden Brutpflegereaktionen reagieren. Das Kindchenschema erfüllt also einen *biologisch wichtigen Zweck.* Weil Kleinkinder den Feindseligkeiten anderer Menschen hilflos ausgeliefert wären, sind sie durch ihr Aussehen geschützt. Man kann bei ihrem Anblick nicht böse sein. Der Charme des optischen Ausdrucks entwaffnet die Erwachsenen.

Puppen mit übertriebenem Kindchenschema

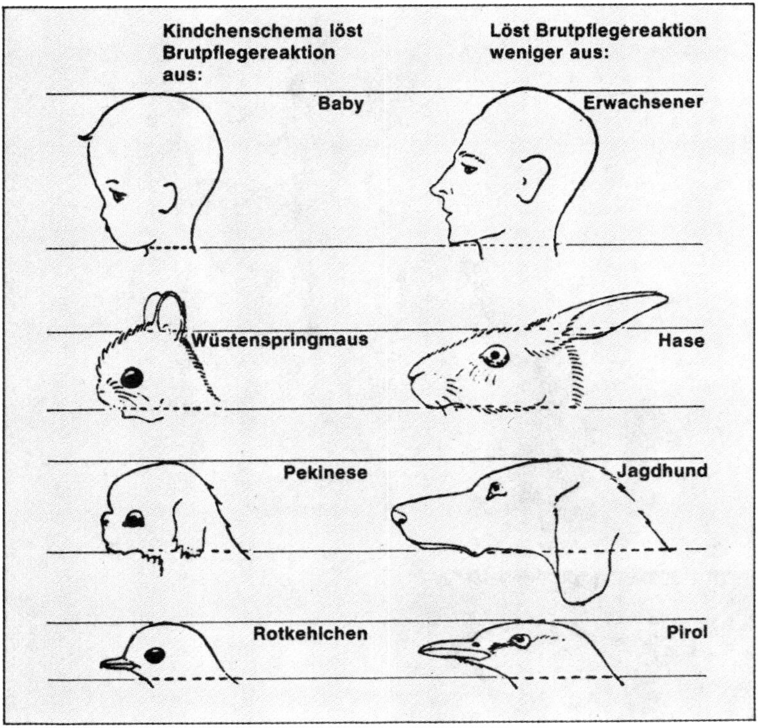
Kindchenschema löst Brutpflegereaktion aus:
Löst Brutpflegereaktion weniger aus:
Baby
Erwachsener
Wüstenspringmaus
Hase
Pekinese
Jagdhund
Rotkehlchen
Pirol

Der Erfolg von Walt Disneys Bambi liegt im gesteigerten Reiz des Kindchenschemas

Das weibliche Kindchenschema

Mädchen und Frauen besitzen mehr körperliche Kindchensignale als Männer. Die Stirn ist beispielsweise etwas gewölbter, die Wangen sind rundlicher, und das Gesicht wirkt insgesamt zierlicher.

Weiblicher Kindchen-Appeal in einer Karikatur

Durch Schminke werden Kindchenmerkmale betont, der Mund etwa wird als süßer Saugmund gemalt. Der Prototyp des Kindweibs war beispielsweise Brigitte Bardot.

Je kindlicher eine Frau erscheint, um so stärker wird im Mann das Bedürfnis angesprochen, Schutz und Geborgenheit zu geben. Deshalb setzen Frauen Kindchensignale oft bewußt oder auch unbewußt ein, wenn sie sich schminken.

Der Kindchen-Appeal löst Hilfsbereitschaft aus. Deshalb betteln Kinder mit ihrem noch kleineren Geschwisterchen. Das größere Kind streckt die Hand seines Geschwisterchens vor und bettelt so über die Hand des kleineren. Diese Geste wirkt auf Touristen und ist für die Eltern, die ihre Kinder gezielt auf Betteltour schicken, ein einträgliches Geschäft.

Bettelnde Massai-Kinder. Das ältere Kind bettelt über den Appell an das Kindchenschema des jüngeren Kindes

Oft betteln auch Mütter mit einem Kleinkind auf dem Arm, um über diesen »angeborenen Auslösemechanismus« der Hilfsbereitschaft Geld zu erhalten.

Die Wirkung des Ausdrucks

Ausdruckswirkungen (die einen bestimmten »Eindruck« hinterlassen) gehen nicht nur vom Menschen, sondern auch von Gegenständen aus. Ein Beispiel, mit dem der Psychologe Wolfgang Köhler experimentierte, soll demonstrieren, welchen Eindruck einfache geometrische Figuren machen können.

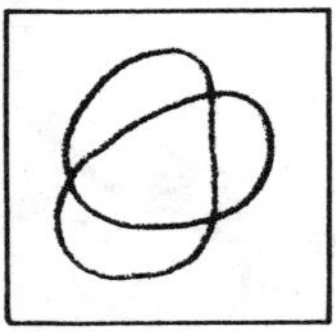

Figur 1

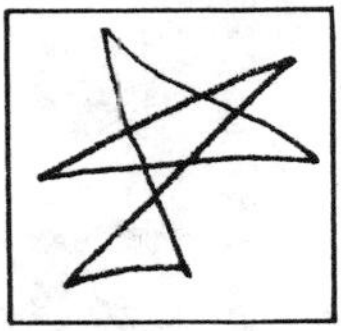

Figur 2

Schauen Sie sich die beiden Figuren einmal genau an, und überlegen Sie dann, welchen Namen sie haben könnten. Kreuzen Sie den passenden Namen an.

☐ Figur 1 heißt Takete
☐ Figur 1 heißt Maluma

☐ Figur 2 heißt Maluma
☐ Figur 2 heißt Takete

Mit sehr großer Wahrscheinlichkeit haben Sie spontan folgende Namen angekreuzt: Figur 1 = Maluma, Figur 2 = Takete.

Es besteht ein Zusammenhang zwischen den runden Formen und dem Wortklang Maluma sowie der spitzen Form und dem härteren Klang Takete.

Den Formen werden sogar Charaktereigenschaften gegeben. Die runde Form ist weich, gutmütig, behäbig und dynamisch. Optische Formen wirken also ganz ursprünglich auf unser Gemüt und rufen gesetzmäßig bestimmte Eindrücke und Stimmungen hervor.

Der Ausdruck von Strichzeichnungen wurde von der Psychologin Maria Hippius untersucht. Die Abbildungen zeigen, wie die Gefühle toller Übermut, tiefe innige Freude, wilder Schmerz, nagender Kummer, Sehnsucht und Haß von den Testpersonen in einem Experiment dargestellt wurden.

Die Ausdruckswirkung abstrakter Kunst basiert auf diesen elementaren optischen Symbolen.

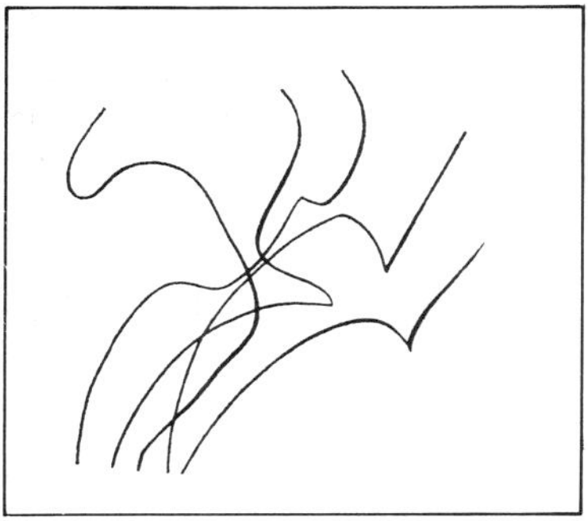

Toller Übermut

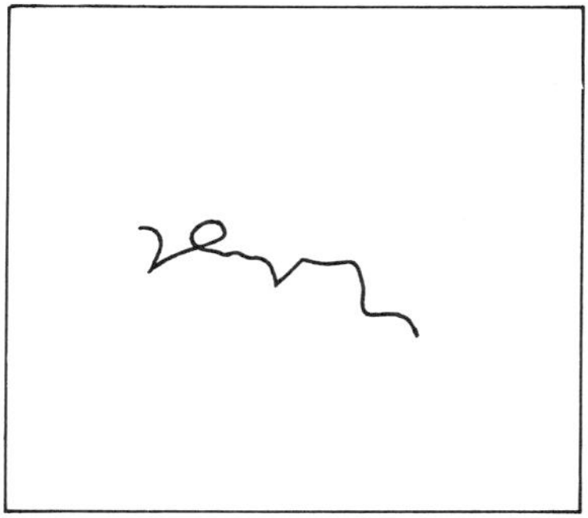

Nagender Kummer

Tiefe innige Freude

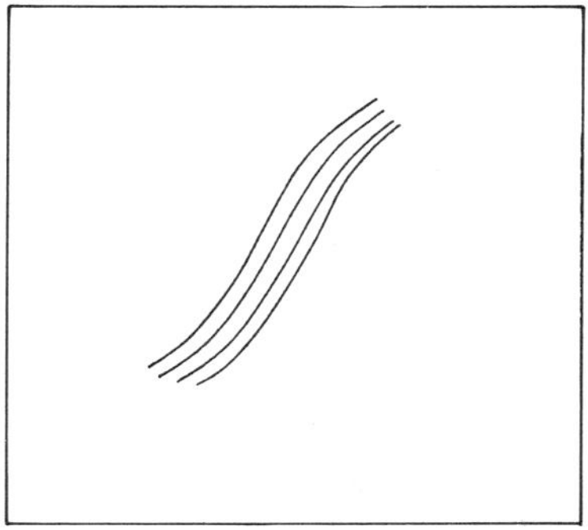

Sehnsucht

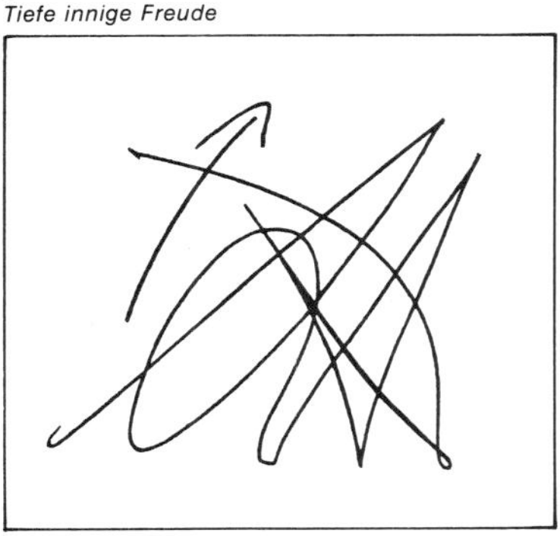

Wilder Schmerz

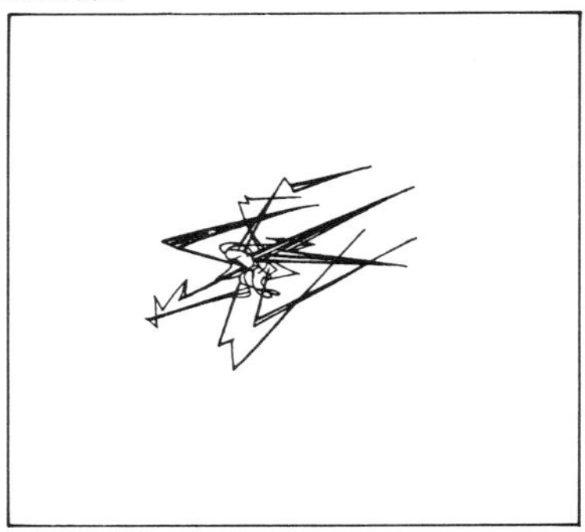

Haß

Die Wirkung von Gesichtern

Am Psychologischen Institut der Wiener Universität hat Elfriede Kühnel die Merkmále von Gesichtern und ihre Ausdruckswirkung untersucht. Die abgebildeten Porträts stammen aus diesen Untersuchungen.

Gesichter rufen einen *Eindruck* hervor. Das heißt nicht, daß Menschen die ihnen zugeschriebenen Eigenschaften auch tatsächlich besitzen. Jedes Gesicht besitzt ein Image. Darüber Bescheid zu wissen ist im Alltag durchaus nützlich; man sollte zum Beispiel bei einer Bewerbung kein Porträtfoto mit ungünstiger Image-Ausstrahlung einsenden, weil sich Personalchefs sonst spontan ein *negatives Vorurteil* bilden.

Augenbrauen haben nach den Untersuchungen von Margarete Kremanak folgende Wirkungen:

Seitlich hochgezogene Brauen bei engem Abstand = böse, introvertiert.

Gewölbte Brauen bei weitem Abstand = unintelligent, extravertiert.

Der Mundform kommt nach Untersuchungen von Maria Winkler die größte Ausdruckswirkung zu.

Breite Mundspalte, Mundwinkel abwärts = bösartig.

Schmale Mundspalte, Mundwinkel abwärts = introvertiert.

Breite Mundspalte, Mundwinkel aufwärts = leichtsinnig.

Die Ausdruckswirkung des Haaransatzes wurde von Liesl Seiller getestet.

Tiefer Haaransatz = unintelligent, böse, unsympathisch.

Höher Haaransatz – intelligent, gut.

Bartlose Gesichter werden für intelligenter, gutmütiger und energischer gehalten als bärtige Gesichter. Bei diesen Untersuchungsergebnissen spielt allerdings auch der Zeitgeschmack und die Mode eine Rolle. Die Untersuchungen zeigen, daß bestimmte Einzelmerkmale des Gesichts immer wieder die gleiche Ausdruckswirkung haben. *Auf solchen Ausdruckswirkungen basieren oft Vorurteile.*

Acht getestete Ausdruckswirkungen

offen

verschlossen

unintelligent

heiter
energielos

böse

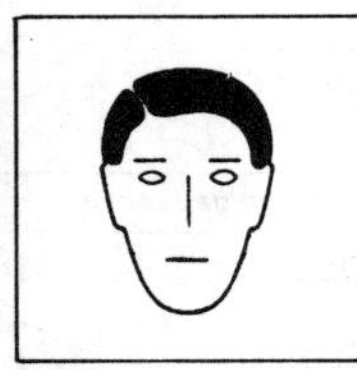

schön
gut
intelligent
sympathisch

energisch

traurig

Die wichtigsten Einzelmerkmale nach verschiedenen Untersuchungen		
Wirkung		Merkmale
schön	=	mittlere bis hohe Stirn, Augen und Mund in Mittellage
häßlich	=	niedere Stirn, hängender Schnurrbart, langes Gesicht, Mund tief, Augen hoch und eng, runde Brauen
sympathisch	=	gerader Mund in normaler Stellung, mittelhohe Stirn
unsympathisch	=	niedere Stirn, hängender Schnurrbart, langes Gesicht, verkniffene Augen
gut	=	mittelhoher Haaransatz, gerader Mund, normale Lidöffnung
böse	=	niedere Stirn, langes Gesicht, schmale Lidspalte
intelligent	=	hohe Stirn, Kinnbart, normale Stellung von Mund und Augen, verdeckte Lidspalte
unintelligent	=	niedere Stirn, langes Gesicht, große verkniffene Augen, runde Brauen

Das Intelligenz-Vorurteil

Es besteht ein physiognomisches Vorurteil über die Intelligenz (hohe Stirn, schmale Nase, anliegende Ohren), das mit der tatsächlichen Intelligenz eines Menschen nichts zu tun hat.

In Wien hat Friederike Nossberger ein interessantes Experiment durchgeführt. Sie ließ 40 elfjährige Jungen (nach dem Zufall ausgewählt) fotografieren. Dann wurde mit drei Intelligenztests die Intelligenz der Jungen untersucht und festgestellt. Anschließend wurden die Fotos 200 Beurteilern vorgelegt. Sie sollten nach dem Gesichtsausdruck die Intelligenz schätzen. Das Ergebnis stimmt nachdenklich. Die Treffsicherheit der Intelligenzschätzung war im Vergleich zu den Testergebnissen sehr gering. Auch Lehrern, Erziehern und Psychologen, die geschult sind in der Einschätzung von Menschen, gelang keine bessere Intelligenzschätzung. Auch zwischen männlichen und weiblichen Beurteilern wurde kein Unterschied festgestellt.

Das geschilderte Experiment zeigt deutlich, daß man die Intelligenz nicht aufgrund von Fotos einschätzen kann, *weil es keine vertraulichen und typischen Merkmale der intelligenten Gesichtsphysiognomie gibt.*

Das bedeutet nicht, daß man die Intelligenz im Alltag überhaupt nicht schätzen könnte. Man benötigt eben mehr Informationen, zum Beispiel über die Sprechweise, den sprachlichen Ausdruck und den Stil. Auch das logische Denken kann nur im Gespräch beobachtet werden.

Welchen Eindruck machen fremde Gesichter?

Die Kölner »Praxis Psychologische Diagnostik und Beratung« hat einmal vierzehn Porträts Personen aus allen sozialen Schichten und Berufsgruppen zur Beurteilung vorgelegt. Sie mußten die Gesichter auf verschiedene Eigenschaften überprüfen. Die Anweisung lautete: »Entscheiden Sie gefühlsmäßig und spontan nach Ihrem ersten Eindruck, ob Sie die angegebenen Eigenschaften vermuten oder nicht.« Zu jedem Porträt sollten insgesamt sechs positive oder negative Urteile abgegeben werden.

Da die Gesichter von einem Grafiker erfunden waren, konnte die Eigenschaft nur nach dem Gesichtsausdruck und der Mimik beurteilt werden. Das ist eine ganz alltägliche Situation: Menschen werden nach ihrem Äußeren beurteilt. Dabei spielen Vorurteile eine dominierende Rolle.

Fremde Gesichter wirken sympathisch, unsympathisch, eingebildet, optimistisch oder rücksichtslos. Auf den nächsten Seiten können Sie genau verfolgen, wie jeder Person bereits aufgrund ihrer Gesichtszüge ein individueller Charakter zugeschrieben wird. Neben jedem Porträt demonstriert ein Eigenschaftsprofil, wie die Gesichter gewirkt haben.

Die Skala reicht von + 3 (stark ausgeprägt) über 0 (neutral) bis − 3 (nicht ausgeprägt). Die Skala drückt aus, wie häufig einer Person die entsprechende Eigenschaft zugeschrieben oder nicht zugeschrieben wurde.

Die vierzehn Eigenschaftsprofile der Porträts demonstrieren, wie sich Menschenkenntnis im Alltag abspielt. Bereits aufgrund geringer Informationen werden fremden Personen weitreichende Charaktereigenschaften zugeschrieben, gleichgültig ob sie diese Eigenschaften tatsächlich besitzen. Die meisten Menschen bilden sich ihr Urteil schon aufgrund eines oberflächlichen äußeren Eindrucks. Die Eigenschaft, bei welcher das Urteil der meisten Personen übereinstimmte, wurde als Überschrift für das Porträt gewählt.

1 sympathisch

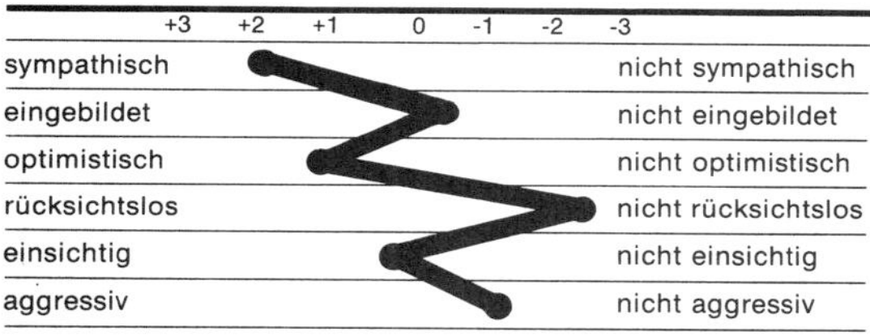

2 nicht sympathisch

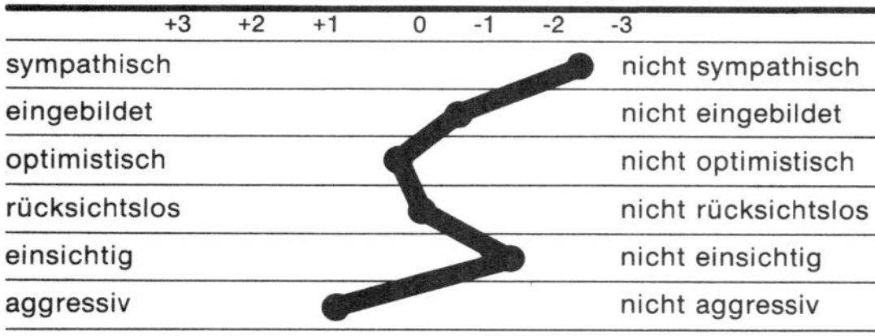

3 nicht sympathisch

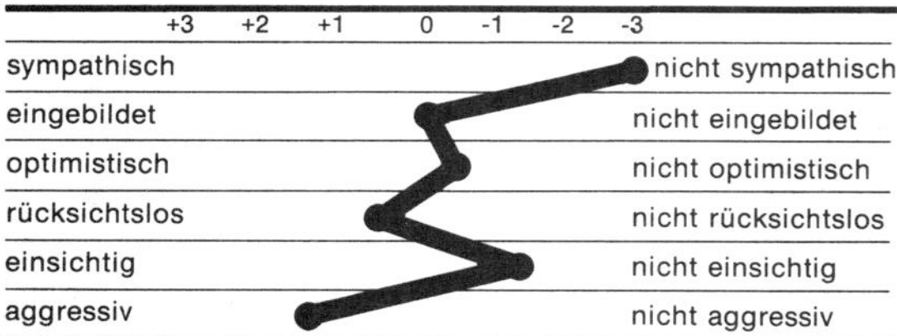

4 nicht sympathisch

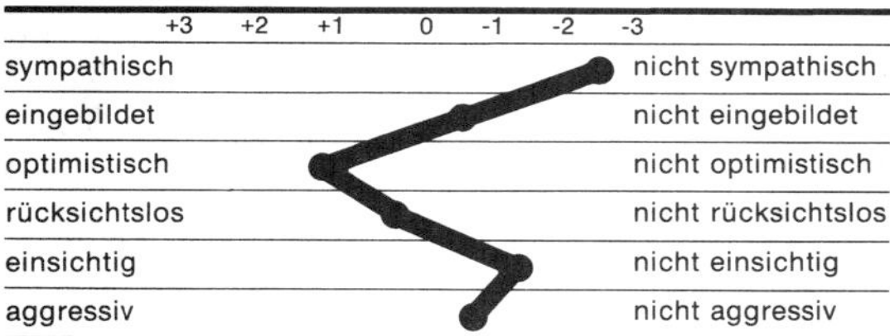

5 eingebildet

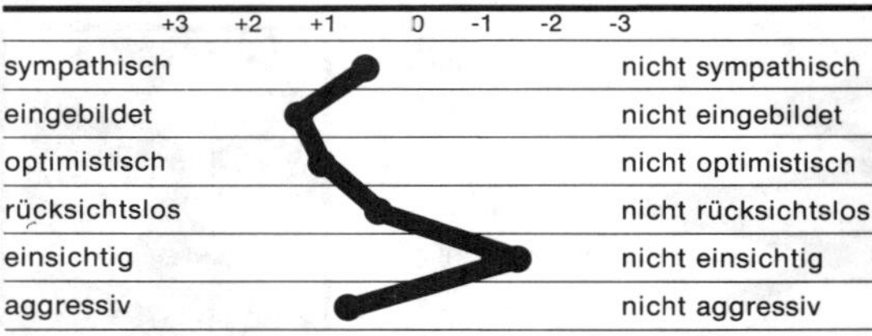

6 eingebildet

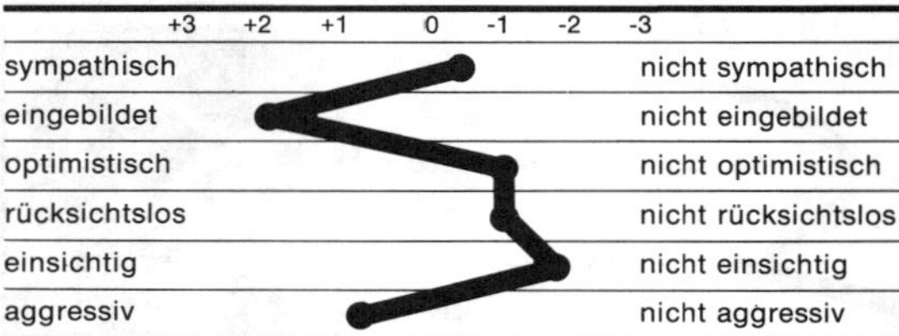

7 nicht eingebildet

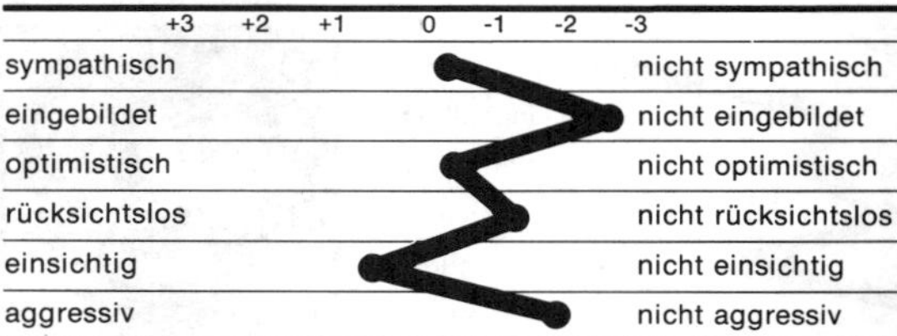

8 nicht eingebildet

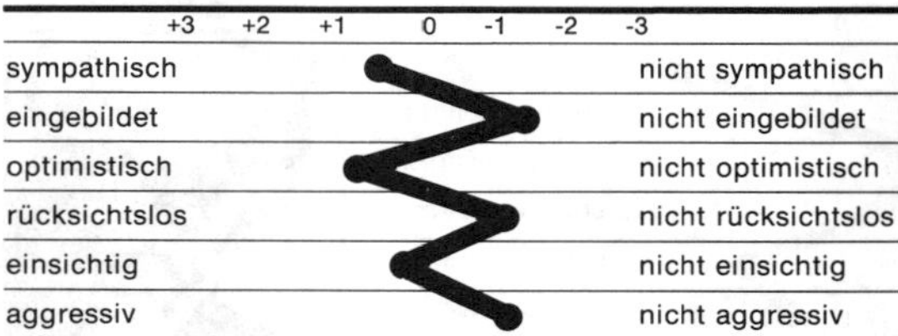

9 optimistisch

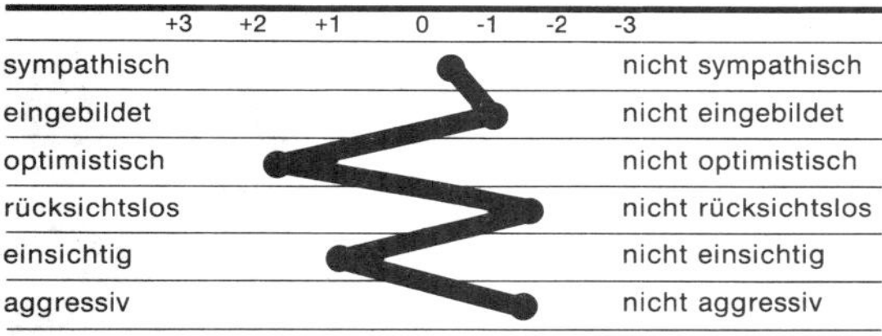

10 optimistisch

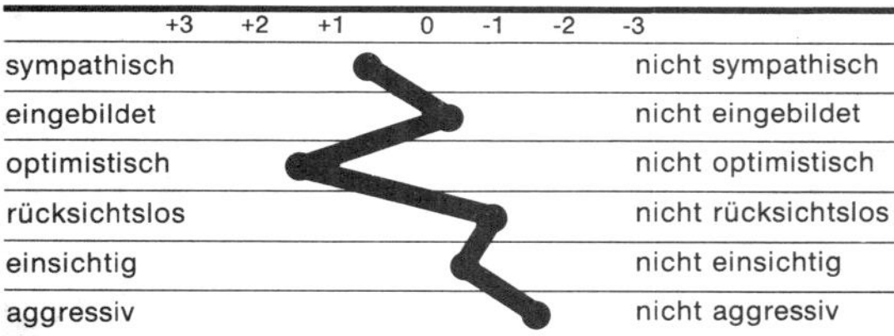

11 nicht rücksichtslos

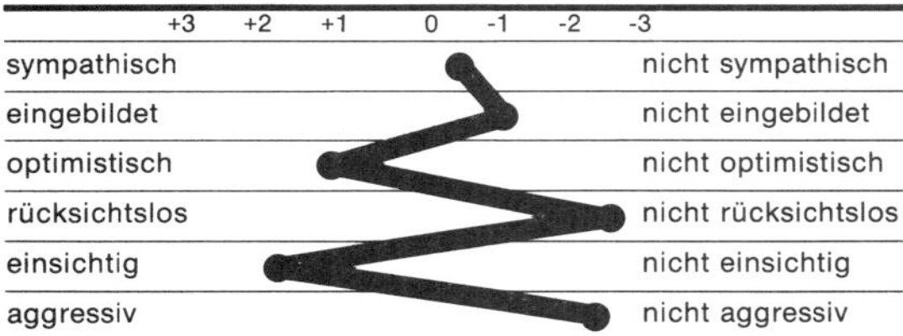

12 nicht rücksichtslos

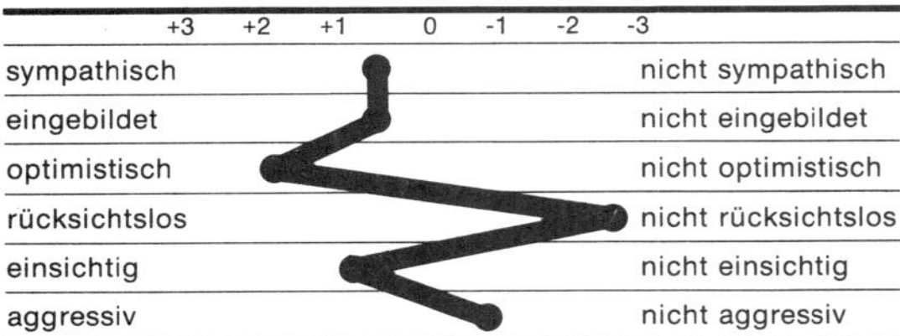

13 nicht rücksichtslos

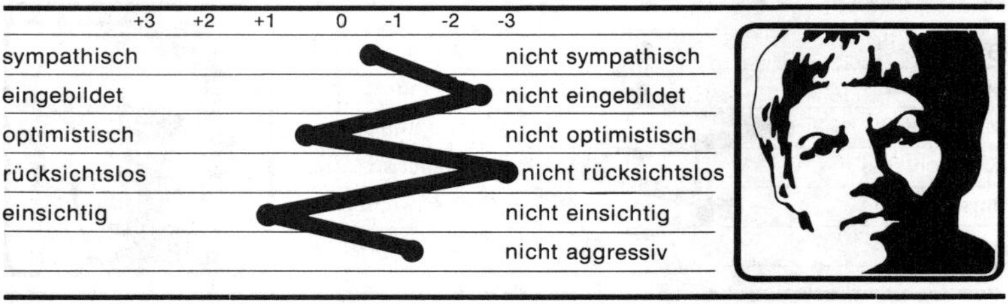

14 nicht rücksichtslos

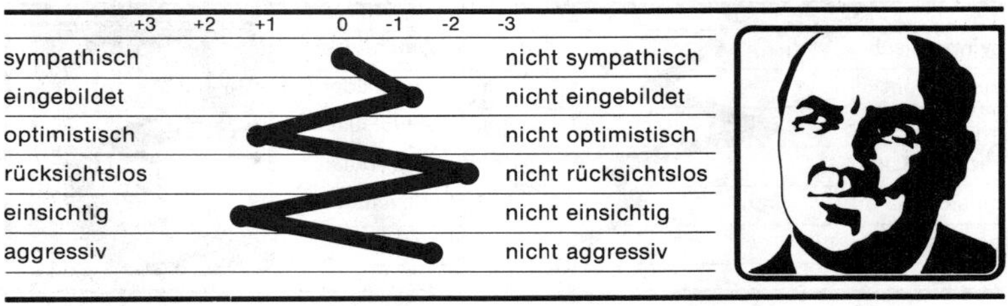

Interessant ist, daß Porträt 3 am häufigsten als nicht sympathisch bezeichnet wird. Bei diesem Kopf handelt es sich um kein konventionelles Gesicht. Es könnte ein Himalaja-Forscher sein, aber auch ein Clochard oder ein Revolutionär. Man kann die Hypothese bilden, daß es »Außenseiter« schwer haben, sympathisch eingeschätzt zu werden.

Interessant ist auch, daß Kopf 5 und 6 vor allem als eingebildet beurteilt werden. Wahrscheinlich liegt das daran, daß beide den Betrachter etwas »von oben herab« ansehen. Als nicht eingebildet wird dagegen Kopf 7 eingestuft, der etwas sorgenvoll von unten blickt.

Vorwiegend optimistisch wirken die Köpfe 9 und 10, wahrscheinlich weil hier die Mundwinkel leicht aufwärts gerichtet sind.

Die Wirkung eines Bartes

Die Hamburger Werbeagentur Wilkens arbeitete 1971 im Auftrag der Illustrierten »Stern« an einer Werbe-Ideen-Aktion »Wie man Barzel verkauft«. Um das optische Image des damaligen Oppositionsführers aufzubessern, wurden an Barzel-Fotos Bartretuschen angebracht.

Das Ergebnis beschreibt der »Stern« so: »Retuschen an Barzelfotos ergaben kein ›Produkt‹, das die Wilkens-Leute befriedigt hätte.«

Nach meiner Meinung wurde dieses Urteil zu Unrecht gefällt. Der Bart auf Bild 1 gibt Barzel mehr das Image einer »Vaterfigur«, das ein größeres Gefühl von Geborgenheit beim Wähler vermittelt hätte.

1

2

3

Rainer Barzel mit Bartretuschen zur Demonstration des Image-Problems

Die Wirkung der ganzen Person

Bankfachleute der Kreditabteilung schätzen fremde Personen aufgrund ihres Aussehens auf ihre Kreditwürdigkeit ein. Das Hamburger »Zeitmagazin« führte 1971 ein interessantes Experiment durch. Es legte die hier abgebildeten Fotos den Kreditfachleuten bei Banken und Sparkassen vor, mit der Bitte, die Personen nach ihrer Kreditwürdigkeit zu beurteilen.

Die Einordnung entsprach typischen konventionellen Vorurteilen.

Sie ist am kreditwürdigsten.
Berufseinschätzung:
Zuverlässige Sekretärin

Mit knappem Abstand folgt dieser junge Mann.
Berufseinschätzung:
Kaufmännischer Angestellter

Er steht an dritter Stelle.
Berufseinschätzung:
»Baulöwe«, Kranführer oder Fliesenleger

Er steht ein zweitletzter Stelle.
Berufseinschätzung: Gebrauchtwagenhändler oder Schlepper auf St. Pauli

Er muß sich mit dem vierten Platz begnügen.
Berufseinschätzung:
Rentner, ehemaliger Buchhalter

Dieser Teenager ist das Schlußlicht.
Man hält ihn für unzuverlässig, flatterhaft und oberflächlich

Die Ausdruckswirkung von Statussymbolen

Statussymbole sind Rangabzeichen. Wer viel zu sagen hat in der Hierarchie der Industrie und Gesellschaft, möchte auch nach außen dokumentieren, daß er ein wichtiger Mann ist. Statussymbole sollen das Urteil anderer Menschen beeinflussen. Sie dienen zur Aufwertung einer Person. Man erzeugt bewußt ein positives Vorurteil, um sich Respekt zu verschaffen. Anfänger besitzen zum Beispiel so gut wie keine Statussymbole. Interessant wird die »Zeichensprache des Erfolgs« erst, wenn der Anfänger die Firmenpyramide höher klettert und zum Aufsteiger wird. Die üblichen Statussymbole vom Sachbearbeiter bis zum Generaldirektor zeigt die folgende Karikaturskizze.

1. Der Sachbearbeiter und Anfänger

Er muß jeden Morgen eine Parklücke für seinen Wagen suchen. Er hat keine eigene Sekretärin und muß höflich anfragen, ob im Schreib-Pool jemand Zeit für ihn hat. Sein Büro ist zu klein, kahl und sein Schreibtisch alt. Seinen Kaffee holt er sich am Automaten im Flur.

2. Der Abteilungsleiter

Er darf seinen Wagen auf dem Firmenparkplatz abstellen und teilt sein Büro mit seiner eigenen Sekretärin und einem Firmen-Gummibaum. Sein Sessel ist aus Leder oder Lederimitation. Wenn er Durst oder Hunger hat, kann er sich aus einem Kühlschrank bedienen, den er sich selbst füllen muß.

3. Der Hauptabteilungsleiter

Ihm wird ein Parkplatz auf dem Firmengelände mit seinem Wagen-Kennzeichen reserviert. Seine Sekretärin sitzt im Vorzimmer und betreut die blühenden Topfpflanzen. Er hat einen Fernseher und eine eigene Bibliothek im Büro. Er kann sich jederzeit von seiner Sekretärin Kaffee, Tee oder sonstige Getränke auf einem Tablett servieren lassen.

4. Das Vorstandsmitglied

Er symbolisiert seinen Status meist durch einen eigenen Chauffeur, er besitzt ein Sekretariat mit mehreren Sekretärinnen und erhält täglich frische Schnittblumen. Außerdem verfügt er über einen eigenen Toilettenschlüssel und ißt im privaten Eßraum oder im Chefkasino zu Mittag.

5. Der Generaldirektor oder Vorstandsvorsitzende

Er managt den Konzern von einer Chefsuite meist im oberen Stockwerk. Sein Chauffeur ist Chef über einen eigenen Wagenpark mit Mechaniker. Er kann sich im Privatbad entspannen und im Firmenjet auf Geschäftsreise begeben. Seine Familie wohnt in einer Dienstvilla mit Swimmingpool am Stadtrand.

Wenn man die Statussymbole so nüchtern aufzählt, wirken sie fast etwas lächerlich. In der Realität des deutschen Firmenalltags sind sie jedoch eine sehr ernste Sache.

In der Zentralverwaltung des größten deutschen Kaufhauskonzerns, Karstadt AG, kann man zum Beispiel die Bedeutung eines Managers an der Größe seines Zimmers erkennen.

Das Wirtschaftsmagazin »Capital« hat 1972 recherchiert: »Exakt 51,5 Quadratmeter ist das größte, was ein Karstadt-Karrierist erreichen kann. Nur die sechs Vorstände (unter den 57 000 Mitarbeitern des Einzelhandels-Riesen) sitzen in so großen Räumen. Die Büros für die Männer der nächstniedrigeren Ebene – für die vierzehn Direktoren – sind um 20,25 Quadratmeter kleiner, und den 120 Abteilungsleitern im dritten Glied stehen nur 18,75 Quadratmeter für ihre Dienstgeschäfte zu. Die restlichen 2500 Angestellten der Zentralverwaltung tippen und telefonieren in Großraumbüros.«

Ein interessantes Statussymbol sind auch die Chefaufzüge. Bei der Klöckner-Humboldt-Deutz AG in Köln fahren Chefs und übrige Angestellte schön getrennt in zwei Aufzügen nach oben. Im Firmenjargon werden sie »Bonzenheber« und »Proletenbagger« genannt.

Der verstorbene VW-Chef Heinrich Nordhoff befestigte den Schlüssel für seinen eigenen Lift an einem Band an der Hose. In Konzernen, in welchen der weltfremde Architekt einen Cheflift vergessen hat, kommt es manchmal zu entwürdigenden Situationen. Dann werden die Angestellten aus den Fahrkörben gejagt, sobald der Chef den Aufzug benötigt.

Die Empfangsdame der Firma Carl Zeiss in Oberkochen drückt auf einen roten Knopf, wenn der Oberste, Dr. Heinz Küppenbender, nach oben will, berichtete »Capital« 1972. Dann leuchtet in einem der beiden Aufzüge der Schriftzug »Aussteigen« auf. Das bedeutet, daß die Aufzugskabine auf der nächsten Etage »geräumt« werden muß.

Eine naive, aber naheliegende Symbolik sagt den Firmenchefs intuitiv: Oben sitzt der Boß und in den unteren Stockwerken die niederen Chargen. Zwei Beispiele sollen genügen: Im Düsseldorfer Thyssen-Hochhaus regiert der Stahlmanager Hans-Günther Sohl von der 19. Etage aus. Der »Spiegel«-Herausgeber Rudolf Augstein hat sein Chefzimmer im zwölften Stockwerk des »Spiegel«-Hochhauses eingerichtet.

Mit Distanz betrachtet, wirken diese Statussymbole unwichtig und seltsam. Aber in der Realität des Betriebsalltags kämpfen viele Aufsteiger verbissen um Rangzeichen wie die Sitzecke im Arbeitszimmer, das Telefon mit Amtsanschluß oder das immergrüne Topfgeranke neben dem Schreibtisch.

Diese Symbole sollen Autorität symbolisieren. Der Gesprächspartner soll sofort erkennen, mit wem er es zu tun hat.

Verhaltensforscher finden für die Sehnsucht nach Statussymbolen eine einfache Erklärung: Es ist dasselbe *Imponiergehabe,* das auch schon primitive Völkerstämme und Tiere aller Arten zeigen: Es geht um Demonstration von Macht.

Welche Wirkung hat Berufsprestige?

Diese Frage versuchte der australische Psychologe Paul Wilson von der Universität Sidney zu beantworten. Er stellte fünf verschiedenen Gruppen dieselbe Person vor. Sie wurde jeder Gruppe mit einem anderen beruflichen Status – vom Student bis zum Professor – präsentiert. Anschließend sollte jede Gruppe die Körpergröße schätzen. Das Ergebnis war erstaunlich. Je nachdem, ob die Person als Student oder als Professor vorgestellt wurde, ergaben sich Schwankungen in der Einschätzung der Körpergröße: Als »Professor« wurde die Person im Durchschnitt 6,4 Zentimeter überschätzt. Ein unbewußter seelischer Vorgang beeinflußt die Schätzung der Körpergröße. *Berufsprestige kann eine Person also bis zu 6,4 Zentimeter größer erscheinen lassen.*

Was verrät der Ausdruck über einen Menschen?

Gesprochene Worte sind nur ein kleiner Teil der Kommunikation. Die menschliche Verständigung besteht nicht nur aus Wörtern und Sätzen. Auch mit den Augen, den Mundbewegungen, der Mimik des Gesichts und der Gestik des ganzen Körpers werden Botschaften übermittelt. Die Wissenschaftler unterscheiden vor allem fünf Gebiete des menschlichen Ausdrucks:

- Die Ausdrucksbewegungen des Gesichts = Mimik.
- Die Ausdrucksbewegungen der Hände und des Körpers = Gestik, Körpersprache.
- Die Ausdruckssprache der Stimme.
- Den Ausdruck der Sprechweise.
- Den Ausdruck der Handschrift.

Bei der Analyse des menschlichen Ausdrucks muß zwischen bewußtem (demonstrativ) und unbewußtem Ausdruck (vegetativ) unterschieden werden.

Vegetative Ausdruckssymptome sind zum Beispiel:

- Erstarren des Gesichts durch Schreck.
- Erbleichen oder Erröten durch Überraschung.
- Zittern und Beben der Stimme durch innere Erregung.
- Aufleuchten der Augen durch Freude.
- Ausbrechen des Schweißes durch einen erlebten inneren Konflikt.

Diese Symptome sind bewußt (also absichtlich) schwer zu erzeugen und können auch nur schwer oder gar nicht unterdrückt werden.

Warum versteht man den Ausdruck der Mimik?

Wenn man die Mimik oder Körperhaltung eines Menschen betrachtet, weiß man aufgrund eigener Erfahrungen, wie man selbst in dieser Situation empfinden würde.

Ein trauriges Gesicht wird auch deshalb als traurig empfunden, weil es einen kleinen Anstoß gibt, das eigene Gesicht in dieselbe Muskelstellung der Traurigkeit zu versetzen. Durch dieses Miterleben entsteht auch in dem Beobachter eine Spur von Traurigkeit, und der fremde Gesichtsausdruck wird verstanden. Der deutsche Psychologe W. Hellpach hat diese Theorie so erklärt: »Jede Wahrnehmung oder Vorstellung eines Bewegungszustandes erregt im Wahrnehmenden und Vorstellenden den Antrieb zu gleichen Bewegungszuständen.«

Es wurde experimentell bewiesen, daß sogar der bloße Gedanke: »Ich werde die Faust ballen« unwillkürlich zu leichten Anspannungen in den Muskeln führt.

Der weinende Mann ist spontan zu verstehen, weil man den Gemütszustand, der Weinen hervorruft, aus eigener Erfahrung kennt.

Symptomenliste der Mimik, Gestik und Stimme

Auf den nächsten Seiten erfahren Sie, auf welche Merkmale Psychologen im Gespräch mit anderen Menschen achten. Die wichtigsten Symptome wurden drei Gruppen von Eigenschaften zugeordnet.

a) Eigenschaften der Abwendung und dadurch bestehende Kontaktschwierigkeit.
b) Neutrale Eigenschaften, bezogen auf die Kontaktbereitschaft.
c) Eigenschaften der Zuwendung und dadurch bestehende Kontaktbereitschaft.

Soweit es möglich ist, sind die Symptome illustriert, damit Sie am Anschauungsmaterial nachprüfen können, wie die einzelnen Merkmale auf Sie wirken.

Die Symptome wurden aus vielen Lehrbüchern der Ausdrucksforschung zusammengetragen (siehe Literaturverzeichnis) und werden hier zum ersten Mal in dieser übersichtlichen Form dargestellt.

Wenn Sie sich die einzelnen Merkmale einprägen, können Sie in der Praxis des Alltags Ihre Mitmenschen besser beobachten. Die Symptomliste verschärft Ihren diagnostischen Blick. Beachten Sie jedoch bitte, daß Sie viel Erfahrung sammeln müssen, bis Sie die einzelnen Symptome und ihr Zusammenspiel richtig deuten können. Darin besteht die Hauptschwierigkeit der Ausdrucksdiagnostik. Sie müssen also sehr wachsam sein und die einzelnen Symptome stets richtig gegeneinander abwägen.

Im Alltag gibt es viele Mischformen. Die Symptombilder zeigen sich nicht immer so klar wie in dieser Liste, die natürlich zu Anschauungszwecken alle Symptome möglichst deutlich präsentiert.

Sicher werden manche Kritiker den Einwand erheben, daß mit der Symptomliste einer unkritischen »Zeichendeuterei« Tür und Tor geöffnet würde. Es ist nun aber einmal so, daß Ausdrucksbeurteilung nichts anderes sein kann als Deutung von Zeichen und Merkmalen. Es kommt nur darauf an, daß das in der richtigen Weise geschieht.

Die Gefahr besteht darin, daß die einzelnen Ausdruckszeichen nicht richtig zueinander in Beziehung gesetzt werden. Das ist die Schwierigkeit jeder Diagnostik. Es ist jedoch besser, wenn man andere Menschen nach erforschten Symptomen taxiert als nach der üblichen Methode, die stark durch Vorurteile und Täuschungsmechanismen getrübt ist.

Natürlich muß davor gewarnt werden, das Symptomwissen in der Praxis falsch oder ungeübt anzuwenden. Aber schließlich muß man einmal anfangen, zu lernen und zu üben, auch auf die Gefahr hin, daß die ersten Versuche noch recht stümperhaft ausfallen. Beginnen Sie deshalb jetzt Ihre Menschenkenntnis bewußt und ohne Vorurteile zu trainieren. Und: Üben Sie täglich – auch abends, wenn Sie Interviews am Fernsehschirm beobachten können.

In der nachstehenden Reihenfolge finden Sie die Symptome geordnet. Die angegebenen Seitenzahlen erleichtern Ihnen das schnelle Finden.

a) Eigenschaften der Abwendung und dadurch bestehende Kontaktschwierigkeit

b) Neutrale Eigenschaften, bezogen auf die Kontaktbereitschaft

c) Eigenschaften der Zuwendung und dadurch Bestehen der Kontaktbereitschaft

a) Eigenschaften der Abwendung und dadurch bestehende Kontaktschwierigkeit

Resignation, Verbitterung
Mundwinkel nach außen oder abwärts gezogen
Mundwinkelfalte
Stirnrunzeln
Schlaff herabgezogenes Oberlid
Entspannung der Atmung (Seufzer)
Langsame Sprechgeschwindigkeit

Zurückhaltung
Verschlossenes Lächeln oder Schmunzeln
Herunterhängende Lider
Nach unten gerichteter Blick
Größere räumliche Distanz zum Gesprächspartner
Leise, gedämpfte Stimme, die im Laufe des Sprechens immer tiefer wird
Langsame Sprechgeschwindigkeit

Mißtrauen, Skepsis
Verzerrtes Lachen
Blick der verhaltenen Zuwendung (verstohlener Blick von der Seite oder beobachtender Blick von unten)
Halbe Schließung der Lidspalte
Senken beider Augenbrauen

Sarkasmus, Spott
Einseitiges Lachen
Einseitig nach oben gezogener Mundwinkel

Entsetzen, Schrecken
Aufgerissene Augen
Erweiterte Pupillen
Starrer Blick
Gespannter Atem
Erblassen

Trauer, Leid
Gesenkte Mundwinkel (Lippen locker)
Teilnahmsloser Blick
Heben der Nasenflügel
Vertiefung der Nasenfalte

Ekel

Näselklang der Stimme (Nasalierung von sonst nicht nasalierten Buchstaben)
Gespannter Atem

Verachtung, Ablehnung

Herabgezogene Mundwinkel (Lippen gespannt)
Blick von oben herab
Durch den Gesprächspartner hindurch gerichteter Blick bei erhobenem Kopf
Halbe Schließung der Lidspalte
Heben der Nasenflügel
Vertiefung der Nasenfalte
Übereinandergeschlagene Beine und Arme
Harte Stimme im Brustton
Gespannter Atem

Feindseligkeit

Verpreßter Mund
Blick von unten oder von der Seite
Größere räumliche Distanz zum Gesprächspartner
Querverlaufende Falte auf der Nasenwurzel (Procerusfalte)
Scharfe, spitze Stimme, farblos, eventuell auch zischend

Blasiertheit, Stolz
Herunterhängende Augenlider
Blick von oben, Kinn vorgestreckt
Einseitiges Lachen
Brustklang der Stimme

Demut, Unterwürfigkeit, Respekt
Nach unten geneigter Kopf
Gekrümmter Rücken
Blick von unten
Dem Gesprächspartner nicht offen in die Augen sehen
Nach dem Anklopfen langes Warten, bevor man eintritt
Nach dem Betreten des Zimmers langes Warten, bevor man ganz ins Zimmer tritt
Tiefe Verbeugung
Kopfklang der Stimme

Schüchternheit, Hemmung
Dem Gesprächspartner nicht in die Augen sehen, ausweichender Blick
Verschränkte Arme, als Schutzhaltung
Kleines Stimmvolumen und kurze Laute
Verlangsamte Sprechgeschwindigkeit

Energielosigkeit, Müdigkeit
Spannungsloser, offener Mund
Schief zur Seite geneigter Kopf
Schlaffe Gesichtsmuskeln, insgesamt spannungsloses Gesicht
Hängende Gliedmaßen
Verlangsamte Bewegungen
Tonlose Stimme

Zweifel, Ungläubigkeit
Hochgezogene Augenbrauen bei sonst entspanntem Gesicht
Seitlicher Blick
Unsichere Bewegungen

Verlegenheit
Erröten
Gesenkter Kopf
Die Augen mit der Hand verdecken
An der Wange reiben
Zögernde, stockende, unsichere Bewegungen
Ablenkende Bewegungen: Augenblinzeln, Räuspern, Husten, hinter den Ohren kratzen, etwas krampfhafter Versuch zu lächeln

Ärger

Augenbrauen runzeln (herabziehen bzw. zusammenziehen)
Zurückgezogene Schultern
Rauher, kratziger Stimmklang

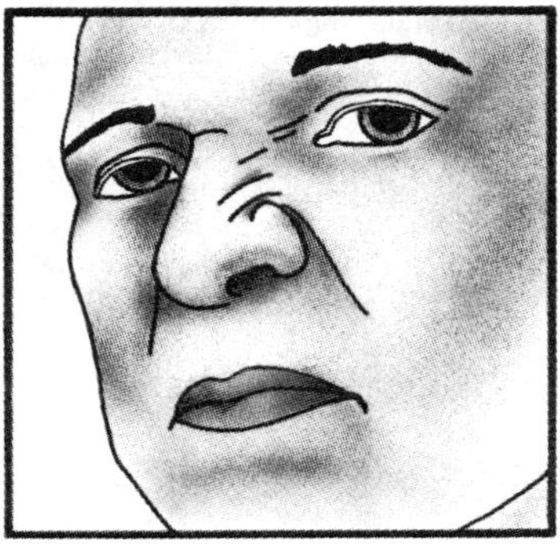

Unzufriedenheit

Heben der Nasenflügel (Naserümpfen)
Nach unten gezogene Mundwinkel

b) Neutrale Eigenschaften, bezogen auf die Kontaktbereitschaft

Unentschiedenheit, Ratlosigkeit, Gleichgültigkeit

Lachen mit geöffnetem Mund
Lippen gelockert und entspannt
An der Nase reiben
Schlaff herabgezogenes Oberlid
Achselzucken
Verschränkte Arme
Langsame Sprechgeschwindigkeit
Unsichere Bewegungen

Überraschung

Übernormal geöffnetes Auge
Hochgezogene Augenbrauen
Offenstehender Mund

Innerer Konflikt, Unruhe, Ängstlichkeit

Vertikale Stirnfalten
Flackerndes Auge
Mit den Fingern trommeln
Auf dem Stuhl hin- und herrutschen
Gehobene Schultern
Im Laufe des Sprechens höher werdende Stimme

c) Eigenschaften der Zuwendung (und dadurch bestehende Kontaktbereitschaft)

Aktivität, Optimismus
Lachender Mund (Keep-smiling)
Offener, lebhafter Blick
Schnellere Sprechgeschwindigkeit

Heiterkeit, Freude
Ruhiger Blick
Erweiterte Pupille
Verstärkter Glanz der Augen, »Strahlende Augen«
Übernormal geöffnetes Auge
Lachen
Nach oben gezogene Mundwinkel
Stetig dahinfließendes, glattes, wohllautendes Sprechen (klingend, singend)
Erhöhte, aber gleichmäßige Bewegtheit des Körpers
Gelockerte Bewegungen
Rötung der Haut

Sinnlichkeit
Seitlich geneigter Kopf
Weiche, entspannte Gesichtszüge
Herabhängende Augenlider
Durchhauchte Stimme

Aggressivität, Zorn
Vertikale Stirnfalten
Quer verlaufende Falte auf der Nasenwurzel (Procerusfalte)
Leicht zugekniffene Augen
Mit den Augen funkeln
Erhöhte, ruckweise Bewegtheit des Körpers
Ballen der Fäuste
Zusammenbeißen der Zähne
Rötung der Haut
Barsches, herrisches Sprechen
Gespannter Atem
Beschleunigte Sprechgeschwindigkeit

Verzücken, Schwärmerei
Mundwinkel aufwärts geschwungen
Geöffnete Lippen
Nach oben gerichteter Blick
Glänzende Augen
Durchhauchte Stimme

Entschlossenheit, Hartnäckigkeit
Verpreßter Mund
Gerade Körperhaltung
Abgedeckter Blick (leicht zugekniffene Augen)
Vertikale Stirnfalten
Im Laufe des Sprechens härter werdende Stimme

Konzentration
Vertikale Stirnfalten
Hochgezogene oder gerunzelte Augenbrauen

Offenheit, Freundlichkeit
Offene Lidspalte
Offen schauendes Auge
Häufiger Augenkontakt
Warmer, vertraulicher Klang der Stimme
Beim Sprechen ruhig ausströmender Atem
Hand auf die Schulter oder den Arm des Gesprächspartners legen

Literaturverzeichnis der Ausdruckssymptome

BIRDWHISTELL, R. L.: *Introduction to Kinesics.* Louiseville 1952.

ESSEN, O. V.: *Allgemeine und angewandte Phonetik.* Berlin 1953.

FÄHRMANN, R.: *Die Deutung des Sprechausdrucks.* Bonn 1960.

FAST, J.: *Body Language.* New York 1970.

FISCHER, R.: *Über die Geräuschhaftigkeit im Ausdruck der Sprechstimme.* Heidelberg 1960.

HALL, E. T.: *Proxemics – A Study of Man's Spatial Relationship.* In: *Man's Image in Medicine and Anthropology.* New York 1963.

KLAGES, L.: *Grundlegung der Wissenschaft vom Ausdruck.* Leipzig 1942.

LANGE, F.: *Die Sprache des menschlichen Antlitzes.* München und Berlin 1939.

LERSCH, PH.: *Gesicht und Seele.* München 1932.

NEWMAN, K. M.: *Experimentelle Untersuchung über das Verhältnis der phänomenal beurteilten Sprechgeschwindigkeit.* Heidelberg 1957.

ORTEGA Y GASSET, J.: *Der Mensch und die Leute.* München 1957.

PULVER, M.: *Symbolik der Handschrift.* Zürich und Leipzig 1940.

RUDERT, J.: *Vom Ausdruck der Sprechstimme. In: Handbuch der Psychologie, Bd. 5.* Göttingen 1965.

SOMMER, R.: *Personal Space.* New York 1969.

TROJAN, F.: *Der Ausdruck der Sprechstimme.* Wien und Düsseldorf 1952.

Mimische Reaktionen bei Personen des öffentlichen Lebens

Schauen Sie sich die Bilder auf den folgenden Seiten genau an. Die Überschrift erläutert, welchen Gesichtsausdruck der Schnappschuß aufgefangen hat. Die Momentaufnahme der Mimik sagt natürlich wenig über den Charakter einer Person aus. Um ein umfassendes Persönlichkeitsgutachten aufgrund der Physiognomie erstellen zu können, müßte man mindestens hundert Schnappschüsse einer Person auswerten.

Die Begutachtung von Pressefotos ist nützlich, weil Sie dadurch den Blick für mimische Reaktionen und ihre Bedeutung trainieren und schärfen können.

Helmut Kohl: Mimik leicht verstimmter verbaler Verschlossenheit

Joschka Fischer: Mimik skeptischen Erstaunens

Jean Jaques Servan-Schreiber: Mimik der vitalen Besorgnis

Oskar Lafontaine: Mimik wacher Aufmerksamkeit

Ernst Albrecht: Mimik der geringschätzigen Abwertung

Margaret Thatcher: Mimik angespannter, kritisch-skeptischer Aufmerksamkeit

Friedhelm Farthmann:
Mimik der »Gedankenverlorenheit«

Peter Koch, ehemaliger Chefredakteur des »stern«: Mimik der Besorgnis

Erhard Eppler: Mimik konzentrierter und besorgter Aufmerksamkeit

Ausdrucksstudie von Schauspielern

1

Optimismus

2

Feindseligkeit

3

Stolz

4

Ratlosigkeit

5

Energielosigkeit

6

Ablehnung

7

Überraschung

8

Spott

9

Verlegenheit

10

Zorn

11

Zweifel

12

Resignation

Die verschiedenen Begrüßungsarten

Die Begrüßung dient dem ersten Kontakt mit einer Person. In ihr kommt Herzlichkeit, Demut oder Freundschaft zum Ausdruck. Die Begrüßungsart unterliegt vor allem der nationalen Ritualisierung. Einige Beispiele sollen das illustrieren.

Der Verhaltensforscher Eibl-Eibesfeldt filmte, wie eine Waika-Indianerin eine Europäerin begrüßte. Die Indianerin rieb zuerst den Mund an der Wange der Europäerin. Zum Abschluß der Grußzeremonie biß sie die Frau zart in eine Wange, die sie dann beknabberte.

Der französische Staatspräsident Charles de Gaulle wird von einem deutschen Polizisten mit der Geste der Demut begrüßt

Liebevolle Begrüßungszeremonie: Eine Waika-Indianerin begrüßt eine Europäerin

Durch Handheben grüßender Schom-Pen auf Groß-Nicobar. Geste der Friedlichkeit

Georges Pompidou grüßt durch Handheben bei der Abfahrt

Sogar Affen begrüßen sich manchmal mit Handschlag. Das Bild zeigt eine Schimpansin, die ein Männchen zum Händegeben auffordert

Eine große Rolle spielt bei der Begrüßung auch der Körperkontakt; er hat eine beruhigende Wirkung und nimmt die Angst. Die Umarmung soll friedliche Einstellung und Verbundenheit ausdrücken.

Ein Trost suchender Soldat birgt seinen Kopf an der Brust seines Kameraden

Parteichef Chruschtschow begrüßt seinen amerikanischen Gastgeber mit Wangenkuß

Breschnew, Chruschtschow, Ulbricht beim Gruß

Viele Völker praktizieren den Nasengruß, beispielsweise die Lappen, Eskimos, Waikas und Malaien. Eibl-Eibesfeldt schreibt über diese Grußform: »Es handelt sich um ein freundliches Beschnüffeln, wobei die Nase an die Wange oder Nase des Partners gedrückt und leicht an ihnen gerieben wird. In Burma nennt man diesen Gruß ›namtschui‹ (von Geruch [nam] und einsaugen [tschut]).«

Durch die beschriebenen Begrüßungsarten versucht man, erste Informationen einzuholen. Über die Berührung ertastet man, wie herzlich die Kontaktaufnahme gemeint ist. Der Geruch oder die Feuchtigkeit der Haut zum Beispiel zeigt, ob der Partner Angst hat oder aufgeregt ist. Naturvölker können die Sprache der Psychosomatik intuitiv besser deuten als der zivilisierte Großstädter.

Wir Europäer versuchen aus dem Händedruck Schlußfolgerungen auf den Charakter zu ziehen. Fester Händedruck bedeutet nach der Populärpsychologie Aufrichtigkeit und Zuverlässigkeit, weicher und feuchter Händedruck dagegen Labilität. Diese Bedeutungen kann ein Händedruck haben; um jedoch weitreichende Schlußfolgerungen zu ziehen, ist die Analyse des Händedrucks allein nicht ausreichend. Der feste Händedruck kann zum Beispiel bewußt verstellt oder zufällig sein, der weiche und feuchte Händedruck kann neben Labilität noch viele andere, differenziertere Gründe haben, wie Angst, Aufregung, Nervosität, Unsicherheit oder Drüsenstörung.

Der Ausdruck der Stimme

Versuchen Sie in Zukunft, die Stimme eines Menschen auf Ihr Gefühl wirken zu lassen. Dabei werden Sie auf viele Feinheiten aufmerksam, die sie bisher nicht beachtet haben. Die bewußte Wahrnehmung schärft Ihr Ohr für den Stimmausdruck.

Aus der Klangfarbe kann auf entsprechende Charakterzüge geschlossen werden. Der Stimmforscher M. Keilhacker schreibt: »Wärme oder Kälte, Weichheit oder Härte der Stimme lassen stets mit einer gewissen Wahrscheinlichkeit auf ähnliche charakterliche Züge in der Persönlichkeit des Sprechers schließen.«

Die tiefe Stimme hat die Wirkung von Würde und Ruhe und entsteht im Normalfall auch in der entsprechenden Gemütsverfassung. Die hohe Stimme entsteht bei Zuständen von Angst, Aufregung und Verlust der Selbstsicherheit. Die monotone Stimme läßt auf Gleichgültigkeit, Desinteresse oder Traurigkeit schließen.

Kann man die Intelligenz an der Stimme erkennen?

Die Wiener Psychologin Gertraud Leitner hat 1956 hundert Personen mit einem Intelligenztest geprüft. Unter ihnen wurden neun Personen mit unterschiedlicher Intelligenz und ungefähr gleichem Bildungsniveau ausgewählt, deren Stimme auf Tonband aufgenommen wurde,

beim Sprechen sinnloser Worte,
beim Lesen eines Textes von Adalbert Stifter,
beim Nacherzählen einer Geschichte.

Die Tonbandaufnahmen wurden 75 Studenten vorgespielt, mit der Anweisung, den Intelligenzgrad jedes Sprechers anzugeben. Die Intelligenzschätzungen konnten dann mit den Testresultaten verglichen werden. Dabei ergab sich eine gute bis sehr gute Übereinstimmung. Die weiblichen Personen schätzten noch etwas besser als die männlichen.

Ausländer (Engländer, Franzosen, Spanier) erzielten dagegen nur eine sehr geringe Treffsicherheit. Das zeigt, daß bei der Intelligenzschätzung nach der Stimme die Erfahrung mit der jeweiligen Sprache eine große Rolle spielt. *An der Sprache kann man die Intelligenz eines Menschen wesentlich besser beurteilen als am Gesichtsausdruck.*

Am Wiener Psychologischen Institut wurde auch die Frage untersucht, ob man am Sprechausdruck erkennen kann, ob eine Person lügt. Die Sicherheit, mit der Lügner aufgrund ihrer Sprechweise entlarvt werden konnten, war jedoch sehr gering. Es wurde festgestellt, daß die feste subjektive Überzeugung, man habe es mit einem Lügner zu tun, völlig falsch sein kann. Woran liegt das? Man hat offensichtlich zu wenig Erfahrungen darüber gesammelt, wie sich Lügen in der Stimme ausdrückt; deshalb fehlen hier die Beurteilungskriterien.

Einige wichtige Symptome der Stimme und ihre Bedeutung

Symptome	**Bedeutung**
Geringe Hebung und Senkung der Lautstärke, schlaffe, ungestaltete Sprechweise	Trägheit, Gleichgültigkeit
Überbetonter, abgehackter Rhythmus	Ungesteuerte Impulse
Schwankungen des Sprechtempos	Innere Erregung, Unausgeglichenheit, Mangel an Selbstsicherheit
Unregelmäßiges Schwanken der Stimmstärke bei geringer Stimmfülle	Mangel an Vitalität
Starker Wechsel der Stimmstärke	Gefühlsbetonte Grundhaltung
Geringer Wechsel der Stimmstärke	Mangel an gefühlsmäßigem Miterleben, Disziplinierung
Brustklang der Stimme	Selbstbehauptung
Sorgfältige und ausgeprägte Aussprache	Bewußte, disziplinierte Haltung
Wenig ausgeprägte Aussprache	Natürlichkeit, Lässigkeit

Der Ausdruck der Sprechweise

In einem Gespräch kann man an Merkmalen der Sprechweise erkennen, ob eine Person innerlich einen Konflikt erlebt, emotional gestört ist oder ausgeglichen und gelassen reagiert. Die folgenden acht Sprachstörungen können bei Konflikten beobachtet werden: Äh-Störung, Satzwechsel, Wiederholungen, Stottern, Auslassungen von Wörtern oder Wortteilen, unvollendete Sätze, Versprecher (Wortneubildung), unverständliche Einfügungen von Lauten.

Als Beispiel und Illustration mögen die acht Sprachstörungen in einem Einstellungsgespräch dienen.

Personalchef: »Sie müßten in Ihrem Alter eigentlich beruflich schon weiter sein. Warum haben Sie bisher nicht mehr erreicht?«

Bewerber: »In meiner alten Firma gab es, äh *(1. Störung)* – aus vielen Gründen keine Chance für mich. Deshalb äh, suche ich eine neue *(2. Störung)* – aber was wollen Sie damit sagen: Was ich bisher erreicht habe, genügt mir.«

Personalchef: »In der angebotenen Position müssen Sie seelisch belastbar sein. Glauben Sie, daß Sie das sind?«

Bewerber: »Schwierigkeiten beeinflussen mich, beeinflussen mich *(3. Störung)* wenig, sie steigern sogar mein Leistungsbedürfnis.«

Personalchef: »Welche Ihrer Eigenschaften hat Ihnen besondere Schwierigkeiten gemacht?«

Bewerber: »Darüber habe ich bi- bisher nicht na- nachgedacht *(4. Störung),* denn besondere Schwierigkeiten *(5. Störung)* – mir keine Eigenschaft gemacht.«

Personalchef: »Das Zeugnis der Firma Kuntz nennt zwar Ihre Tätigkeit, erwähnt aber zu wenig persönliche Vorzüge. Wie erklären Sie sich das?«

Bewerber: »Mein Chef hatte wahrscheinlich . . . *(6. Störung)* Für ihn als Praktiker war in erster Linie der Unsatz *(7. Störung),* Umsatz entscheidend.«

Personalchef: »Was konnte Ihr Chef an Ihnen nicht leiden?«

Bewerber: »Ich wechsle nicht die Position, weil ich ta *(8. Störung)* mit ihm Unstimmigkeiten em hatte.«

Sprachstörungen können nach einer Tonbandanalyse genau ausgewertet werden.

Die Störungsanalyse auf der vorhergehenden Seite zeigt, daß in der 62. Minute

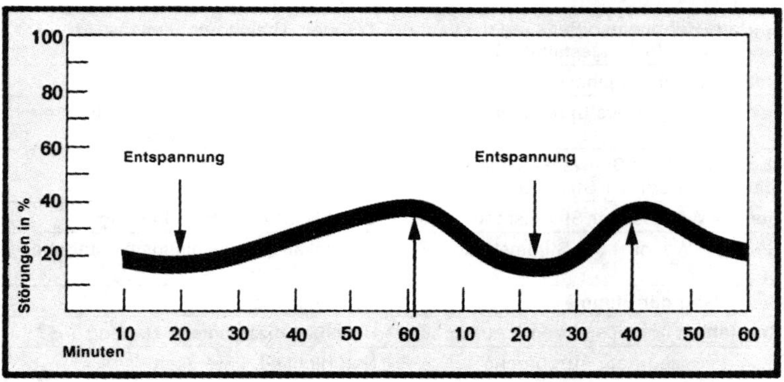

und nach einer Stunde und 40 Minuten die meisten Störstellen waren. Zu diesen Zeiten wurden also Themen berührt, die dem Bewerber besonders unangenehm waren.

Relativ entspannt war der Bewerber dagegen in der 20. Minute und nach einer Stunde und 24 Minuten.

Ein Personalchef, der sich auf dem Tonband die kritischen Stellen nochmals anhört, kann sich anhand einer solchen Grafik noch einmal Gedanken darüber machen, warum der Bewerber gerade bei diesen Themen mit besonders vielen Sprachstörungen reagiert hat.

Der Ausdruck der Handschrift

Die Schriftdeutung ist nach der Mimik und der Handlesekunst eine der ältesten Methoden der Menschenbeurteilung. Die Schrift drückt den Charakter und das Wesen eines Menschen aus. Der Wiener Ordinarius für Psychologie, Hubert Rohracher, schrieb 1963: »Es steht außer Zweifel, daß die Handschrift einen hohen Grad von persönlicher Eigenschaft aufweist; so hoch, daß sich sogar die Geldinstitute und Banken darauf verlassen und die Echtheit eines Schecks oder Wechsels nach der Unterschrift des Ausstellers beurteilen.«

Die Schrift wird vom Gehirn gesteuert. Das stellt der deutsche Physiologe Wilhelm Preyer experimentell fest. Nach seinen Untersuchungen bleibt der individuelle Schriftcharakter gleich, ob nun mit der rechten oder mit der linken Hand oder mit dem Mund geschrieben wird.

Die Graphologie steht immer noch in einem Kampf um ihre Anerkennung als Wissenschaft. Die Einstellung der Fachpsychologie ist reserviert, denn es liegt bis heute zwar kein exakter wissenschaftlicher Beweis für die Verläßlichkeit der Graphologie vor, aber auch kein Beweis für ihre Wertlosigkeit. Das liegt daran, daß die Richtigkeit graphologischer Gutachten nur sehr schwer einwandfrei kontrolliert werden kann.

In der Praxis hat die Graphologie Anerkennung gefunden. In Deutschland werden von 50 bis 70 Prozent aller Firmen bei der Einstellung neuer Mitarbeiter graphologische Gutachten angefordert.

Es ist deshalb nützlich, über die Grundlagen der Schriftdeutung etwas ausführlicher informiert zu sein.

Das folgende Kapitel über die Graphologie soll kein graphologisches Lehrbuch sein und kann Sie natürlich auch nicht zum »Graphologen« ausbilden. Wenn Sie jedoch in Zukunft eine intensivere Beurteilung Ihrer Mitmenschen versuchen, sind einige graphologische Grundkenntnisse über Schriftmerkmale und ihre Bedeutung nützlich. Es muß jedoch davor gewarnt werden, von einzelnen Symptomen auf ein festgefügtes Persönlichkeitsbild zu schließen. Dazu ist eine langjährige graphologische Praxis erforderlich. Die beschriebenen Grundkenntnisse der Graphologie sollen also nur zu Ihrer Allgemeinbildung beitragen und Sie nicht dazu verleiten, sich als Schriftexperte zu fühlen.

Die Verbindung und Gestaltung der Buchstaben

Die Graphologen unterscheiden vier Bindungsformen. Sie heißen Arkade, Girlande, Winkel und Faden.

a) Arkadee

Die Arkade besteht aus bogenförmigen Wölbungen. Sie symbolisiert nach Meinung der Graphologen Verschlossenheit, Zurückhaltung und Kontaktmangel. Ein Arkadenschreiber ist schwer aus der Reserve zu locken und gibt ungern sein wahres Innenleben preis.

b) Girlande

Im Unterschied zur Arkadenschrift drückt die Girlandenschrift eher Aufgeschlossenheit und Offenheit aus. Eigenschaften wie Wohlwollen, Bereitwilligkeit, Weichheit und Freundlichkeit können ebenso in der Persönlichkeit des Girlandenschreibers zu finden sein wie auch Nachgiebigkeit, Unselbständigkeit und Beeinflußbarkeit, je nach den *sonstigen* Schriftsymptomen.

c) Winkel

Winkelschriften werden meist von Personen geschrieben, die einen starken Willen besitzen. Festigkeit, Entschlossenheit und Durchsetzungsvermögen sind Eigenschaften, die bei Winkelschreibern ausgeprägt sind. Je nach den sonstigen Symptomen sind auch Härte, Verbohrtheit und Unduldsamkeit vorhanden.

d) Faden

Bei Fadenschriften sind die Kleinbuchstaben (vor allem m und n) in ihrer Form aufgelöst.

Unter den Fadenschreibern findet man Menschen, die möglichst leicht und ohne viel Anstrengung ihr Ziel erreichen wollen; häufig verhalten sich diese Menschen ausweichend und diplomatisch. Je nach den sonstigen Symptomen kann man bei diesem Schrifttyp auch auf Verschlagenheit schließen.

Die drei Zonen der Schrift

a) Oberlängen

Betont hohe Oberlängen verraten intellektuelle Interessen, Begeisterungsfähigkeit, aber auch Oberflächlichkeit. Erscheinen die Oberlängen verkümmert, wird von Graphologen häufig geringeres intellektuelles Interesse gedeutet.

b) Unterlängen

Aus den Unterlängen kann man besonders auf die Ausprägung der Triebe sowie der materiellen und praktischen Interessen schließen. Auch Beharrlichkeit, Zähigkeit und Schwerfälligkeit kommen, je nach den sonstigen Symptomen, vor allem in den Unterlängen zum Ausdruck.

Verkümmerte Unterlängen können mangelnde Durchsetzungskraft, innere Zurückhaltung oder Mangel an Reservekräften bedeuten.

c) Mittelzone

In der Mittelzone drückt sich das Selbstgefühl des Schreibers aus. Die Größe der Schrift zeigt die Größe des persönlichen Selbstwertgefühls. Stolz, Großmut, Tatendrang, Unternehmungslust, Freiheitsdrang auf der einen, Hochmut, Aufgeblasenheit und Ich-Sucht auf der anderen Seite sind Eigenschaften, die bei »Großschreibern« vorhanden sein können.

Entsprechend findet man beim »Kleinschreiber« meist ein geringes Selbstgefühl, Selbstkritik und Zweifel. Handelt es sich um eine gut gestaltete Schrift, kann auch auf Pflichtgefühl, Beobachtungsgabe und Realismus geschlossen werden.

Die Endungen der Worte

a) Rechtsläufigkeit

Die rechtsläufige Schrift läßt häufig auf Tätigkeitsdrang, Aufgeschlossenheit und bei übertriebener Rechtsläufigkeit auch auf Verschwendung schließen.

b) Linksläufigkeit

Die linksläufige Schrift findet man bei mehr auf sich selbst bezogenen Personen. Diese Menschen haben unter Umständen ein starkes Bedürfnis nach Selbstbehauptung und sind in manchen Fällen – je nach den sonstigen Symptomen – egoistisch.

Die Neigung der Buchstaben

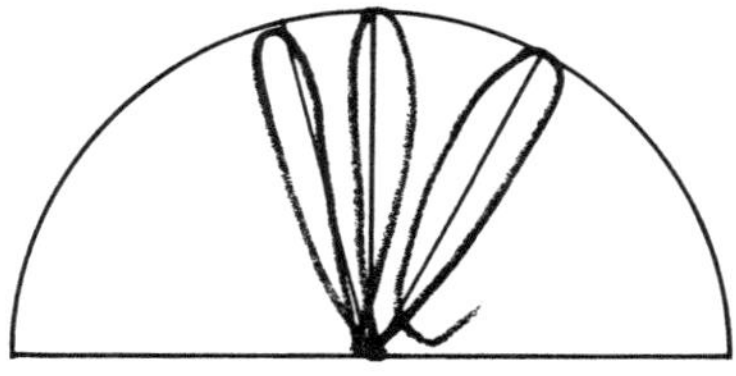

a) Linksschräge Schrift

Die linksschräge Schrift wird vorwiegend negativ gedeutet: Ablehnung, Zurückhaltung, Selbstbezogenheit und übertriebene Selbstbeherrschung sind die Eigenschaften, die mit diesem Schrifttyp in Verbindung gebracht werden.

b) Steile Schrift

Steile Schriften werden vorwiegend mit den folgenden Eigenschaften in Zusammenhang gebracht: Selbstbeherrschung, Zurückhaltung, geringes Temperament, Nüchternheit, Besonnenheit, Kälte oder Teilnahmslosigkeit.

c) Rechtsschräge Schrift

Die rechtsschräge Neigung der Buchstaben verrät Zuneigung und Interesse an der Umwelt und den Mitmenschen. Empfindungsfähige, gefühlswarme, ungezwungene, aufgeschlossene und kontaktfreudige Menschen schreiben oft rechtsschräg.

Der Abstand der Buchstaben

a) Weite Schrift

Graphologen bezeichnen eine Schrift als weit, wenn die Abstände zwischen den Grundstrichen der einzelnen Buchstaben größer sind als die Höhe der Kleinbuchstaben.

Schriftweite deutet auf Aktivität, Eifer, Unternehmungslust, Ungeduld und Entfaltungsdrang.

b) Enge Schrift

Schriftenge dagegen läßt – je nach den übrigen Symptomen – eher auf Selbstbeherrschung, Berechnung, Zurückhaltung oder Egoismus schließen.

Die Verbundenheit der Schrift

Nach der Auffassung der Graphologen besteht Verbundenheit, wenn ein Wort, das aus fünf Buchstaben besteht, in einem Zug ohne abzusetzen, geschrieben wird.

a) Verbundene Schrift

Verbundene Schrift kann der Ausdruck für logisches Denken und gute Auffassungsgabe sein.

b) Unverbundene Schrift

Beim unverbunden Schreibenden wird vermutet, daß er mehr intuitiv als streng logisch denkt.

Die Regelmäßigkeit der Schrift

Eine der gesichertsten Erkenntnisse der Graphologie liegt in der Interpretation der regelmäßigen Schrift. Sie wird meistens von Menschen geschrieben, bei denen Wille und Verstand die Vorherrschaft über Triebe und Affekte haben.

Entsprechend kann man bei einer weniger regelmäßigen Schrift darauf schließen, daß Triebe und Gefühle bei dem Schreiber vorherrschend sind.

Die volle, magere und teigige Schrift

a) Volle Schrift

Die volle Schrift verrät reiche Phantasie. Schöpferisch heitere und humorvolle Menschen haben oft eine volle Schrift. Auch Rastlosigkeit und Vorstellungsvermögen sind Eigenschaften, die – je nach den übrigen Symptomen – ausgeprägt sein können.

b) Magere Schrift

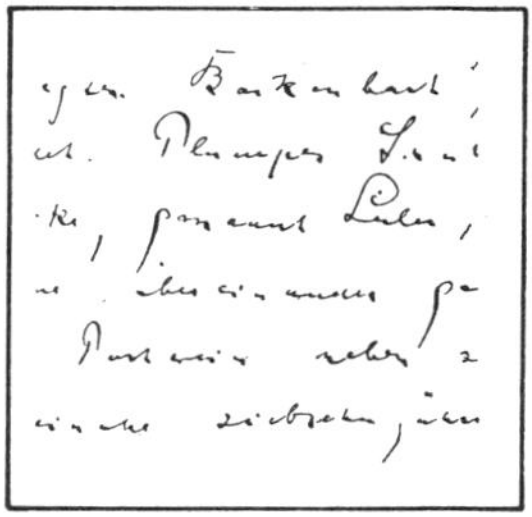

Die magere Schrift wird bevorzugt von nüchternen Verstandsmenschen und abstrakten Denkern geschrieben.

c) Teigige Schrift

In der teigigen Schrift ist die Strichführung zerflossen und unscharf. Teigigkeit der Schrift läßt nach der Meinung vieler Graphologen auf Sinnlichkeit schließen.

Es gibt noch viele andere Beurteilungsmerkmale, wie zum Beispiel Druck, Zeilenverlauf, Randaufteilung, Größe der Anfangsbuchstaben, die bei der graphologischen Analyse eine wichtige Rolle spielen. Als kurze Einführung in die Grundlagen der Graphologie mögen die vorhergehenden Seiten jedoch genügen.

Was verrät der Körperbau?

Der Psychiater Ernst Kretschmer hat die uralte Erkenntnis, daß man vom Körperbau des Menschen auf bestimmte typische Charaktereigenschaften schließen kann, genau untersucht. Seine Forschungen, die er in dem Buch »Körperbau und Charakter« beschrieb, haben auf der ganzen Welt Beachtung gefunden. Er erntete natürlich auch Kritik. Aber spätere Nachuntersuchungen haben gezeigt, daß Ernst Kretschmer einen bedeutenden Beitrag zur Menschenkenntnis geleistet hat. Deshalb lohnt es, seine Erkenntnisse übersichtlich darzustellen, denn wer andere Personen nach ihrer Konstitution richtig einschätzen kann, weiß auch mehr über ihr Verhalten.

Kretschmer unterscheidet vier Typen:

- Leptosomer Typ
- Pyknischer Typ
- Athletischer Typ
- Dysplastischer Typ

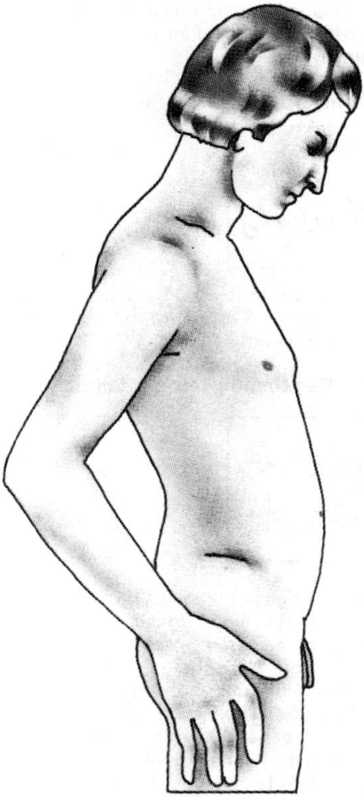

Der leptosome Körperbau

1. Der leptosome Typ

So sieht er aus: Schmaler, hochaufgeschossener Körper, langer, flacher Brustkorb, magere Arme und zarte, feingliedrige Hände. Die Muskeln sind dünn. Die Brustrippen treten etwas hervor. Die Beine sind schlank. Zu den Leptosomen gehören zum Beispiel auch große und sehnige Menschen, die hervorragende sportliche Leistungen in der Leichtathletik vollbringen können.

Das Gesicht ist fettarm. Das Profil scharf geschnitten. Die Nase tritt hervor. Manchmal ist der Unterkiefer etwas fliehend.

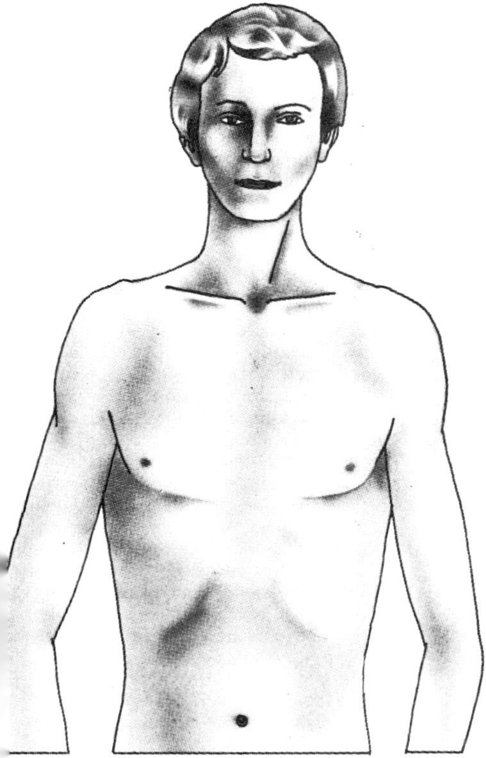

Der leptosome Mann

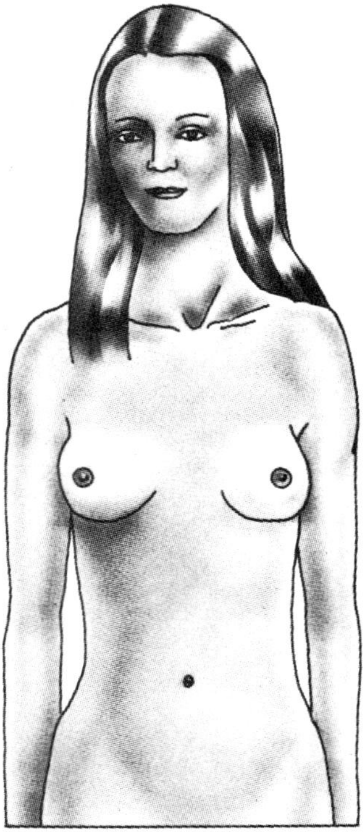

Die leptosome Frau

Der leptosome Sportler

So gibt er sich

- ○ Gekünstelt heiter, witzelnd und gesprächig.
- ○ Gleichmäßig freundlich, ruhig, scheinbar ausgeglichen.
- ○ Scheu, empfindsam.
- ○ Fade, langweilig.
- ○ Als kalter, nüchterner Verstandesmensch.
- ○ Als brutaler, vor nichts zurückschrekkender Zyniker.

Die Leptosomen zeigen sich also nach außen sehr vielfältig. Das ist jedoch meist Fassade. In Wirklichkeit lebt der Leptosome in sich hinein.

Unter leptosomen Menschen findet man kalte Despoten, nüchterne Rechner, empfindsame Lyriker, mürrische Schweiger, asketische Heilige, fanatische Idealisten und Propheten, auch haltlose, zerfahrene Gammler, gefühllose Gewohnheitsverbrecher, kleinliche Pedanten, Spötter und Zyniker, hervorragende Stilisten und kultivierte Ästheten.

Die Leptosomen tragen oft zwei Seelen in ihrer Brust. Deshalb neigen sie häufig auch zu psychischer Unruhe, Spannungen und Nervosität.

Es kommt vor, daß der eine Teil der Persönlichkeit etwas will, was der andere Teil verabscheut. Der eine Teil liebt zum Beispiel die Kunst, und der andere Teil haßt die Sinnlosigkeit des ästhetischen Genusses, weil eventuell nur wenig Geld damit verdient werden kann. »Künstler« und »Kapitalist« bekriegen sich hier in einer Person. Die beiden Teile leben nicht friedfertig nebeneinander; jeder versucht die Oberhand zu gewinnen und den anderen zu verdrängen. Dadurch kann ein Charakterzwitter entstehen. Außerdem wird die Empfindungs- und Erlebnisfähigkeit dieser Menschen eingeschränkt, wenn die Gefühle von einem Teil der Persönlichkeit ständig kontrolliert und kritisiert werden.

Der Leptosome kann unbeugsam ein Ziel verfolgen. Andere Leptosome dagegen leben völlig gleichgültig und angepaßt. Es gibt Leptosome, die innerlich hohl und ausgestroben sind, andere wieder sind äußerst empfindsam und sensibel. Viele zeigen ein distanziertes und unpersönliches Verhalten zur Umwelt.

Leptosome Dichter

Friedrich Schiller

Joseph von Eichendorff

E.T.A. Hoffmann

Heinrich Heine

2. Der pyknische Typ

So sieht er aus: Der Knochenbau ist meist nur schwächlich ausgebildet. Auffallend ist vor allem die Fettbildung. Der Körper ist meist mittelgroß und etwas gedrungen. Das Gesicht ist weich und breit der Hals dick und kurz. Der Brustkorb ist gewölbt, und der Fettbauch wirkt mächtig. Die Hände sind weich und rundlich, die Gelenke meist zart. Das Gesicht ist unter Umständen fett, und die Augen erscheinen dadurch klein. Die Gesichtshaut ist oft leicht gerötet, die Körperhaut dagegen weiß.

Das auffälligste Merkmal am pyknischen Körperbautyp ist das Verhältnis Brust-Schulter-Hals. Die Schulterbreite ist gering, die Brust hat dagegen einen großen Umfang, und der Hals ist kurz.

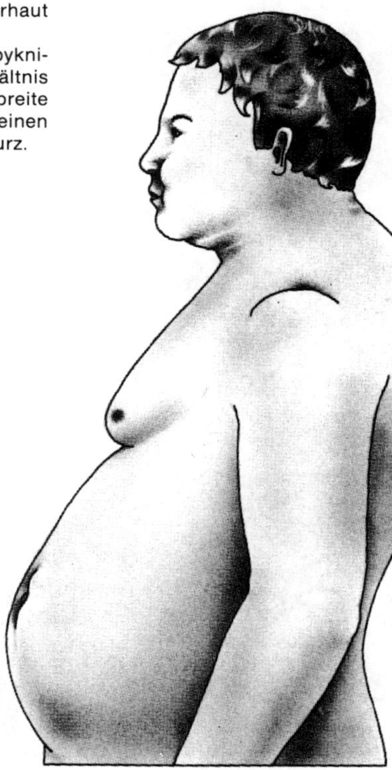

Der pyknische Körperbau

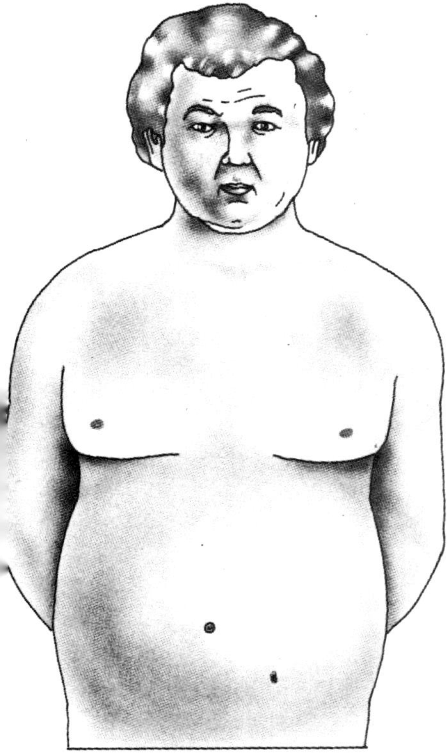

Der pyknische Mann

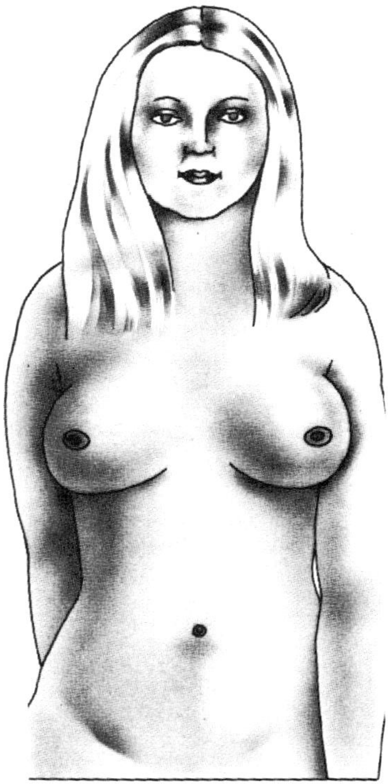

Die pyknische Frau

So ist der Pykniker

Er besitzt eine große Gefühlserregbarkeit, verbunden mit dem Bedürfnis, seine Gefühle zum Ausdruck zu bringen. Seine Stimmungen wechseln rasch. Durch eine Kleinigkeit kann heftiger Zorn ausgelöst werden, der bei einem neuen Eindruck schnell wieder verfliegt. Wenn ein Pykniker einmal wütend aufbraust, reagiert er schon kurze Zeit später wieder gutmütig und freundlich.

Bei manchen Pyknikern sind die konventionellen sozialen Hemmungen nur wenig ausgeprägt. Sie neigen zu naiver, nicht bösartig gemeinter Rücksichtslosigkeit. Ungebildete tendieren etwas zur Ungehemmtheit in der Ausdrucksweise, die andere Personen leicht verletzen kann.

Die Pykniker sind nicht alle gleich. Unter ihnen gibt es ganz verschiedene Charaktere. Viele Pykniker sind tüchtig, rührig und redselig. Sie leben gern und gesellig, lieben die Genüsse des Lebens, sind lustig, witzig und betriebsam.

Andere Pykniker sind optimistisch, gesellig und freundlich, neigen aber zu wechselnden Stimmungen. Sie werden leicht sentimental und melancholisch. Häufig sind Optimismus und Melancholie zugleich vorhanden. Diese »Mischung der Gefühle« erzeugt manchmal eine gesteigerte Reizbarkeit.

Unter den Pyknikern befinden sich auch stille, gemütvolle Menschen, die unter ihrem Mangel an Fröhlichkeit etwas leiden. Sie neigen zu pessimistischen Äußerungen und jammern und klagen sehr ausdrucksstark. Im Alter sind sie oft stille, resignierende Weltbetrachter.

Die Vielfältigkeit dieser Charaktermerkmale zeigt, daß man jeden Pykniker einige Zeit beobachten muß, bevor man weiß, zu welcher seelischen Grundstimmung er besonders neigt.

Pyknische Dichter

Adalbert Stifter

Wilhelm Busch

C. F. Meyer

3. Der athletische Typ

So sieht er aus: Die Muskeln sind kräftig entwickelt und die Schultern breit. Der Brustkorb ist fest und stark. Die Muskulatur tritt hervor. Der Knochenbau ist etwas grob. Hände und Füße sind groß. Auch das Gesicht ist muskulös; die Nase und der Unterkiefer sind kräftig entwickelt.

Der athletische Körperbau

Die Athletiker wurden bisher nicht so ausführlich untersucht wie die Leptosomen und Pykniker. Über ihre seelische Struktur weiß man bisher noch wenig. Kennzeichnend für den athletischen Typ ist ruhige Bedächtigkeit, Unerschütterlichkeit in erregenden Situationen mit zeitweise kurzen Affektexplosionen. Die Athletiker wirken stabil, zäh und nicht sehr wendig im Denken und Fühlen.

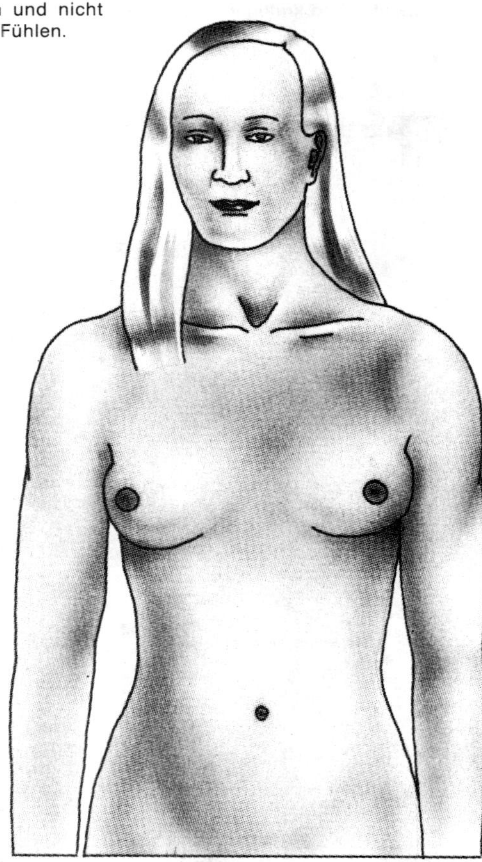

Die athletische Frau

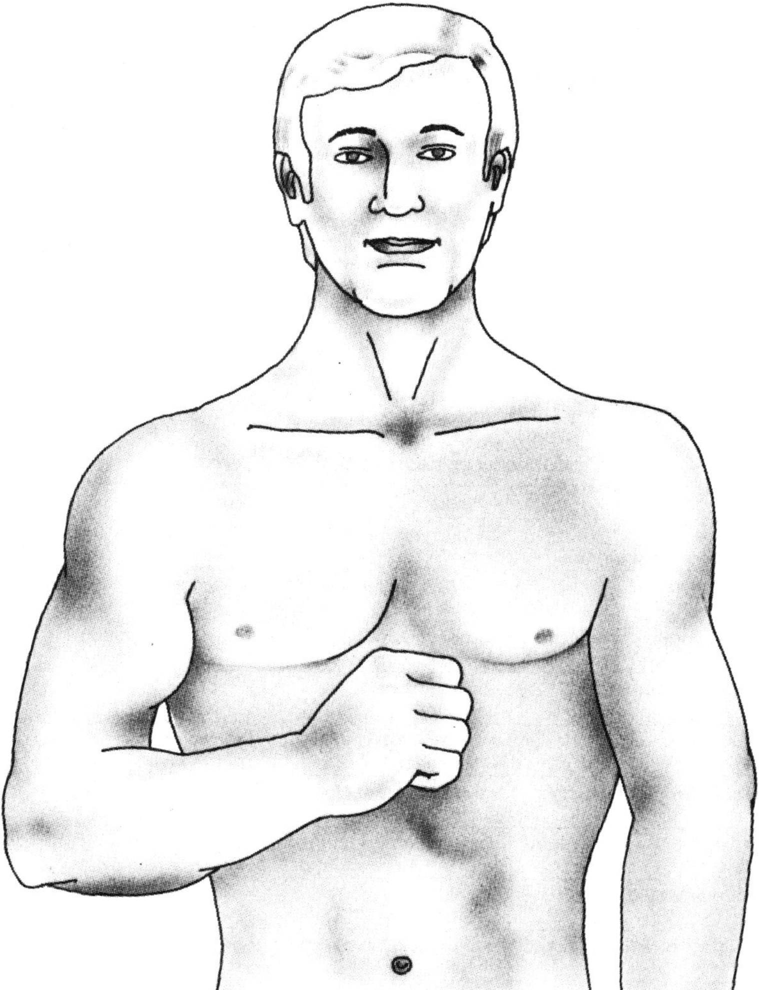

Der athletische Mann

4. Der dysplastische Typ

So sieht er aus: Beim Dysplastiker ist eine Körperregion unter- oder überentwickelt, während der übrige Körper normal ausgebildet ist.

Zu den dysplastischen Typen gehören außerdem Frauen mit männlichen Körperbauformen und Männer mit weiblichen Zügen sowie Zwergformen, Hoch- und Fettwuchs.

Die dysplastischen Körperbauformen beruhen mitunter auf einer Unter- oder Überfunktion der Drüsen.

In jedem Körperbautyp schlummert eine Tendenz zur Geisteskrankheit

Der Psychiater Ernst Kretschmer stellte fest, daß sich den Körperbautypen bestimmte Geistes- und Gemütskrankheiten zuordnen lassen. Er konnte diesen Zusammenhang zwischen Körperbau und Geisteskrankheiten statistisch nachweisen.

Wenn ein leptosomer Typ an einer Geisters- oder Gemütsstörung erkrankt, so wird er nach Kretschmers Untersuchungen mit größerer Wahrscheinlichkeit zur Schizophrenie neigen als etwa der Pykniker oder Athletiker. Kretschmer nennt diese latente Disposition »schizothym«. Sie äußert sich in distanziertem, zurückhaltendem Verhalten zur Umwelt, Zerstreutheit und Empfindlichkeit. Dieses Verhalten kann sich bis zu mißtrauischer Menschenscheu steigern. Kretschmer nennt solche Personen »schizoide Psychopathen«, doch kann auch hier noch nicht von einer echten Geisteskrankheit gesprochen werden. Dies ist erst dann

Der Unterschied zwischen Leptosomen und Pyknikern

	Pykniker	**Leptosome**
Tempo der Körperbewegungen	langsamer als der Leptosome	rascher als der Pykniker
Arbeitsweise	ungleichmäßiger als der Leptosome	gleichmäßiger als der Pykniker
Bevorzugung von Formen oder Farben	Farbbevorzugung	Formbevorzugung
Aufmerksamkeit	mehr auf das Ganze gerichtet	mehr auf das einzelne gerichtet
Umstellbarkeit auf Neues	leichter umstellbar als der Leptosome	schwerer umstellbar als der Pykniker
Verhalten in Erregung	explosiver als der Leptosome	beherrschter als der Pykniker
Verhalten in neuen Situationen	schwächere Erregung mit kürzerer Nachwirkung	stärkere Erregung mit längerer Nachwirkung
Ablenkbarkeit	leichter ablenkbar als der Leptosome	schwerer ablenkbar als der Pykniker
Konzentrationsfähigkeit	geringer als beim Leptosomen	größer als beim Pykniker
Abklingen von Erregungen	schneller als beim Leptosomen	langsamer als beim Pykniker

der Fall, wenn der Kontakt zur Umwelt vollständig verloren ist. Dann spricht man von Schizophrenie.

Schizophrene leben in sich hinein. Die Symptome dieser Krankheit sind sehr vielfältig: Denkzerfall, Sinnestäuschungen (Halluzinationen), Wahnideen, Antriebsstörungen, absonderliches Verhalten und Wesensveränderung.

Wie beim Leptosomen im Fall einer psychisch-geistigen Erkrankung eine erhöhte Wahrscheinlichkeit zur Schizophrenie besteht, neigt der Pykniker eher zur manisch-depressiven Verstimmung als zu einer anderen Geistes- oder Gemütskrankheit.

Kretschmer nennt die latente Disposition des Pyknikers, dem im Bereich des Kranken die manisch-depressive Verstimmung entspricht, »zyklothym«. Sie äußert sich in optimistischer Lebenshaltung und unermüdlicher Regsamkeit; heitere und traurige Stimmungen wechseln einander ab. Treten diese Symptome gesteigert auf, unterliegt der Pykniker sehr starken Gefühlsschwankungen und neigt zu kritikloser Plänemacherei mit zielloser Geschäftigkeit, dann spricht Kretschmer vom »zykloiden« Menschen. Diese Menschen sind nicht eigentlich als krank zu bezeichnen, sondern weichen lediglich von der durchschnittlichen Verhaltensnorm ab. Manisch-depressive Symptome äußern sich in unbegründeten Verstimmungen, die meist spontan und ohne erkennbaren Grund einsetzen. Die Stimmungen sind entweder heiter und ausgelassen (Manie) oder traurig (Depression) – was wesentlich häufiger vorkommt. Diese Verstimmungen sind vorübergehend. Sie können einige Tage, manchmal bis zu mehreren Monaten anhalten. In vielen Fällen kehren sie nach einem unbestimmten Zeitraum, meist nach einigen Jahren, wieder; häufig wechseln die beiden Phasen einander ab.

Als ausgeprägte Gemütskrankheit schließlich zeigt sich die Manie in Symptomen wie krankhafte Selbstüberschätzung, notorische Unruhe, Erregung und Enthemmung sowie Neigung zur Ideenflucht.

Die Depression zeigt sich an folgenden Symptomen: Willens- und Denkhemmung, Minderwertigkeits-, Verarmungs-, Schuld- und Krankheitsideen. Antriebslahmheit sowie Schlaf- und Appetitlosigkeit.

Die Statistik der Geisteskrankheiten

Die drei Grafiken auf der nächsten Seite zeigen die Verteilung der vier Körperbautypen, die sich bei einer von Kretschmer 1955 belegten statistischen Untersuchung von Westphal an 8099 Geisteskranken ergab.

Schizophrene sind vorwiegend leptosom

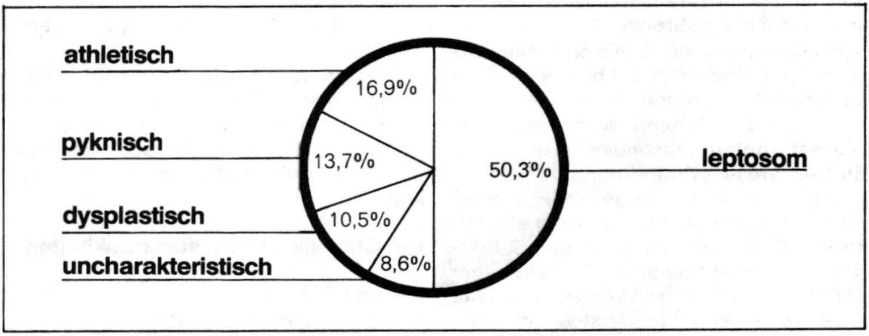

Manisch-Depressive sind vorwiegend pyknisch

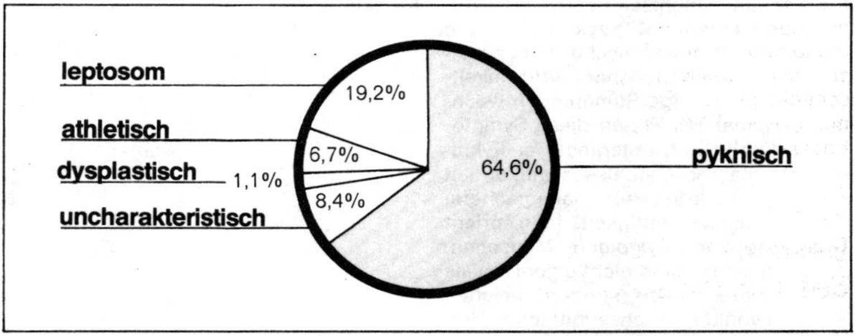

Epileptiker sind vorwiegend dysplastisch, athletisch oder leptosom

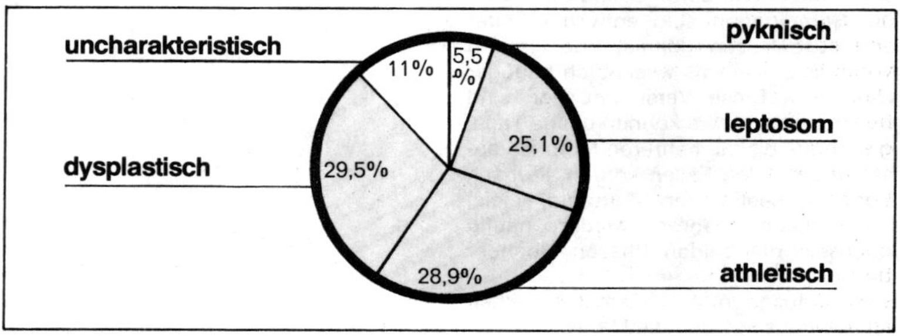

Die Epilepsie ist eine Krankheit, die sich in Krampfanfällen äußert. Die Stimmung der betroffenen Menschen kann »geladen« oder explosiv sein. Geringfügige Anlässe können manchmal zu Zornausbrüchen und Gewalttaten führen.

Vorsicht bei psychologischen Beurteilungen der Körperbautypen

Nicht alle Menschen lassen sich aufgrund ihres Körperbaus exakt festlegen. Ein großer Prozentsatz sind Mischformen.

Auch die charakterologische Deutung von Körperbautypen trifft nicht in allen Fällen zu. Eine hundertprozentige Charakteranalyse allein aufgrund der Betrachtung des Körperbaus ist nicht möglich. Sie sollte deshalb nur als Teilinformation über einen Menschen dienen. Um zu einer besser abgesicherten Menschenkenntnis zu gelangen, müssen noch viele andere Merkmale berücksichtigt werden.

Besonderheiten des Gesichtsausdrucks

Kann man Krankheiten im Gesicht erkennen?

Erfahrene Ärzte können nach dem Gesichtsausdruck und aufgrund von Besonderheiten der Haut bereits eine erste vorläufige Diagnose stellen. Wenn die Haut mit roten Flecken und Pünktchen bedeckt ist, kann zum Beispiel eine Allergie vorliegen. Auch Magen- und Darmstörungen sowie Fieberschübe bei Infektionen können die Ursache sein.

Manche Frauen bekommen in aufregenden Situationen (mit positiver Erwartung) rote Flecken am Hals. Daran zeigt sich, daß sie innerlich aufgewühlt und angespannt sind.

Ist das Gesicht von einer leichten Röte fleckenartig oder großflächig überzogen, kann ein Verdacht auf Diabetes (Zuckerkrankheit) bestehen.

Wenn die Haut fahl-gelb, erdig oder braun-gelblich ist, kann eine Lebererkrankung vorliegen. Die Haut verfärbt sich auf diese Weise auch durch übermäßigen Genuß von Mohrrüben und Tomaten. Auch das Gift Arsen verfärbt die Haut braun-gelblich.

Auffallende Blässe kann viele Ursachen haben: Kreislaufstörungen, Vergiftungen, innere Blutungen und Schock bei Unfällen, Herzinfarkt oder Lungenembolie. Oft ist die Blässe auch die Folge eines Mangels an rotem Blutfarbstoff.

Auch ein Hautausschlag kann viele verschiedene Ursachen haben: Arzneimittelallergie, Überempfindlichkeit gegen bestimmte Speisen, Stoffwechselleiden oder Menstruation.

Das ständige Hervortreten der Augäpfel ist meist auf die Basedowsche Krankheit zurückzuführen. Es handelt sich dabei um eine Hormonstörung der Schilddrüse.

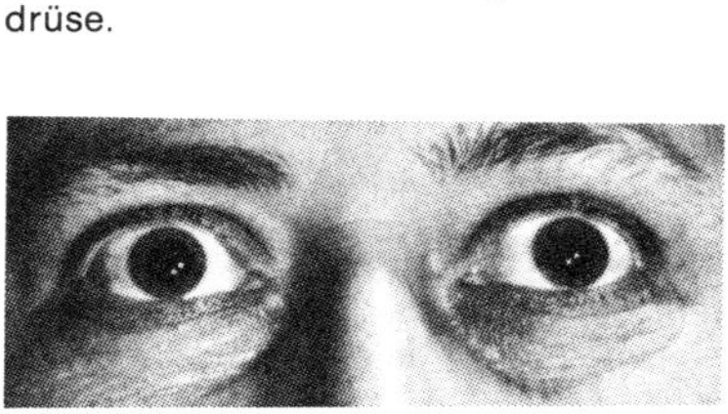

Basedowsche Krankheit

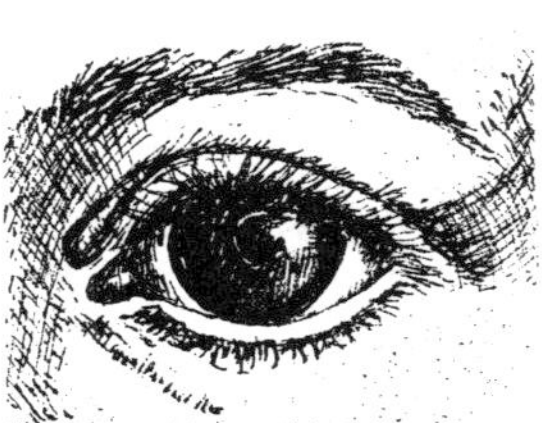

Normales europäisches Auge

Normales mongolisches Auge

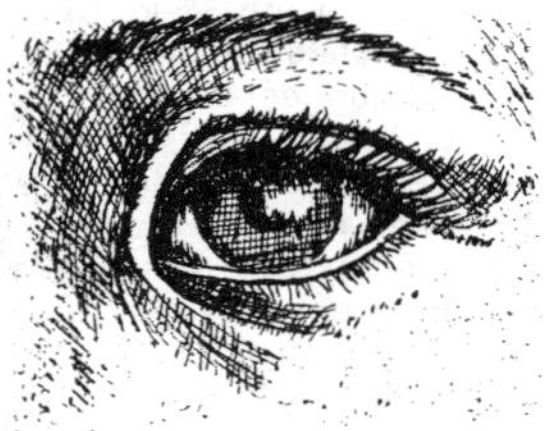

Downsche Krankheit mit mongolischem Einschlag

Es gibt eine Krankheit, die an einer anderen charakteristischen Veränderung der Augen erkannt werden kann. Die Downsche Krankheit (oder Mongolismus) geht auf eine regelwidrige Anordnung der Chromosomen zurück. Ein Kind mit dieser Chromosomenveränderung ist meistens geistig zurückgeblieben und besitzt Augen, die dem mongolischen Auge ähnlich sind.

Die Merkmale des Managergesichts

Ein interessantes Beispiel für eine mimische Untersuchung an einer speziellen Berufsgruppe ist die Studie der Kölner Testpraxis »Psychologische Diagnostik« Es wurden 121 Managerfotos begutachtet.

Die Auswahl der Manager (vor allem Deutsche) erstreckte sich über alle Altersstufen: vom Juniorchef bis zum pensionsreifen Generaldirektor. Es wurden Fotos sowohl von erfahrenen wie auch von jungen Managern ausgewertet. In der Tabelle sind verschiedene Merkmale des Managergesichts, nach ihrer Häufigkeit geordnet, zusammengestellt.

Die Symptomtabelle zeigt, daß bei Managern vor allem vier Merkmale besonders häufig sind: verpreßter Mund, vertikale Stirnfalten, Mundwinkelfalten und horizontale Stirnfalten. Daraus kann folgende Diagnose abgeleitet werden: Manager sind willensbestimmt, entschlossen, aktiv und zum Teil auch aggressiv. Sie besitzen Selbstbeherrschung, Skepsis, Eigensinn und Verbissenheit.

Obwohl die Manager teilweise wußten, daß sie fotografiert wurden, ist ihr Leben meist verschlossen oder nur schwach ausgeprägt. Das kontaktfreudige, geöffnete Keep-smiling-Lächeln ist selten.

Die horizontale Stirnfaltung ist zwar etwas seltener als die vertikale, aber dennoch recht häufig. Es folgen in der Häufigkeitsverteilung die gesenkten Mundwinkel, und zwar bei gespannten Lippen. Das bedeutet: Mißmut, Abweisung, manchmal Verachtung. Die Nasolabialfalte kommt häufig zusammen mit den gespannt gesenkten Mundwinkeln vor. Das signalisiert Unzufriedenheit und Verachtung.

Nennenswerte Häufigkeitsziffern erreichen in der Statistik noch das abgedeckte Auge und der seitliche Blick. Das abgedeckte Auge in der Form des beobachtenden Blicks tritt bevorzugt mit vertikaler Stirnfaltung, verpreßtem Mund und gespannt-gesenkten Mundwinkeln auf. Die Deutungsskala reicht von Konzentration über willensmäßige Entschlossenheit bis zu Aggressivität. Der seitliche Blick gibt dem Gesicht oft auch einen mißtrauischen Ausdruck.

Der mimische Ausdruck der Passivität, Beschaulichkeit, Empfindsamkeit, Demut, Spannungslosigkeit, der unbeschwerten Kontaktfreudigkeit oder willensmäßigen Schwäche ist in Managergesichtern sehr selten zu finden.

Die Symptome nach ihrer Häufigkeit geordnet

Die mimischen Symptome	Anzahl	Beispiel
Verpreßter Mund	42	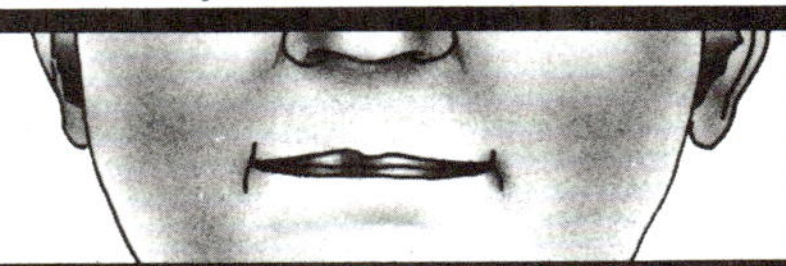
Vertikale Stirnfalten	39	
Mundwinkelfalte (ohne Lachen)	35	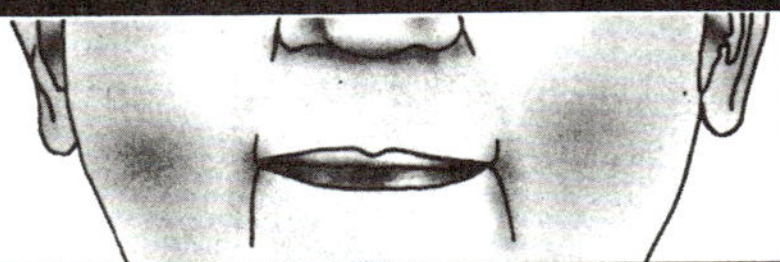
Horizontale Stirnfalten	30	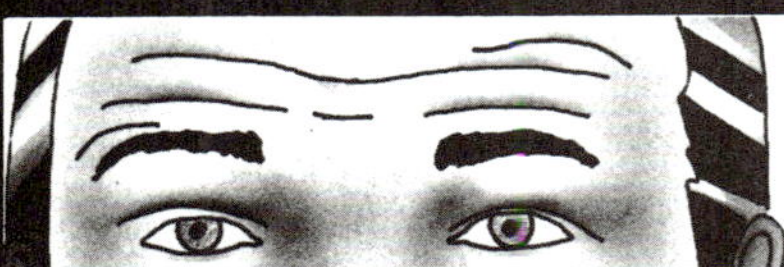
Gesenkte, gespannte Mundwinkel	20	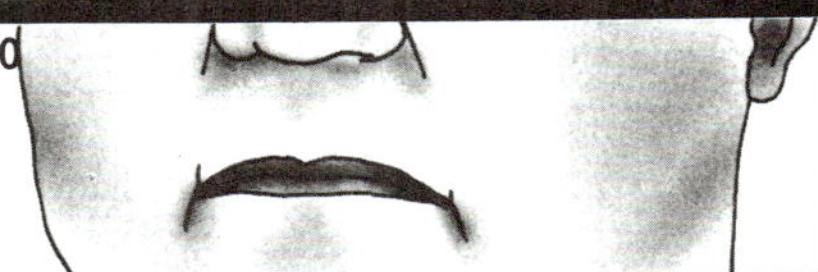
Nasolabialfalte (Nasen-Lippen-Falte)	17	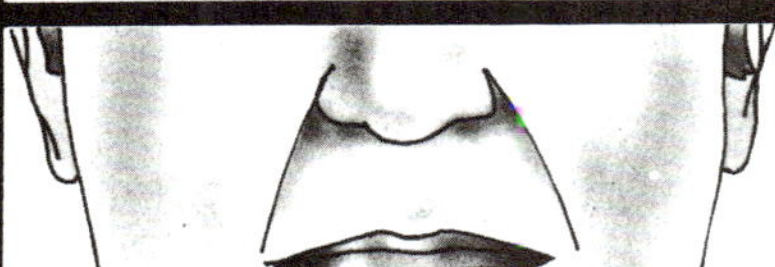
Einseitiges Lachen	16	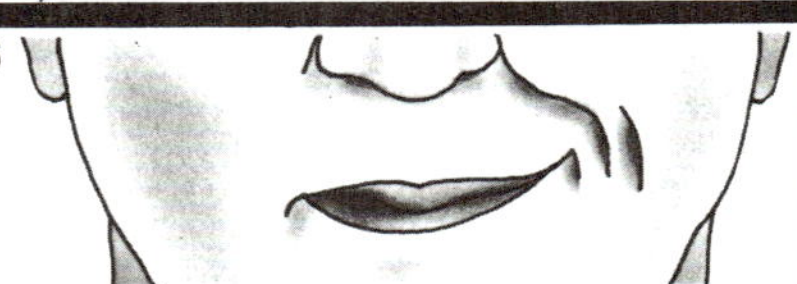

Die mimischen Symptome	Anzahl	Beispiel
Abgedecktes Auge	14	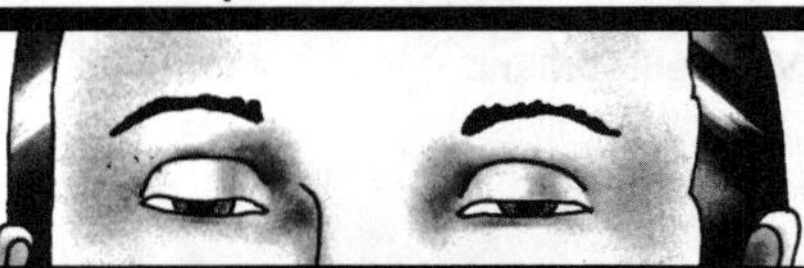
Seitlicher Blick	11	
Nach oben gerichteter Blick	7	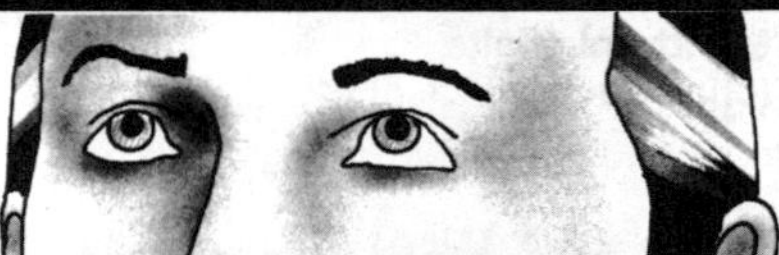
Von unten nach oben gerichteter Blick	5	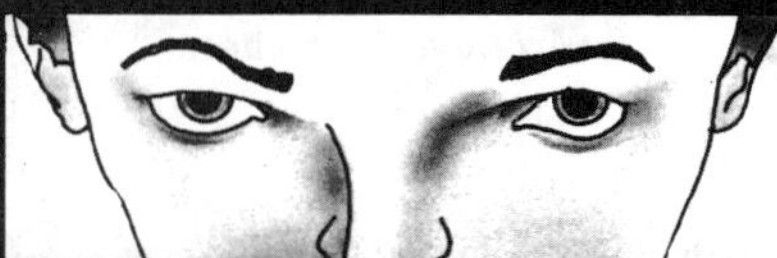
Procerusfalte	3	
Verhängtes Auge	2	
Übernormal geöffnetes Auge	1	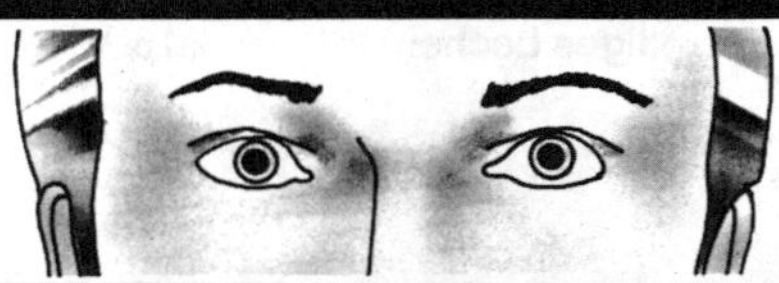

Gesicht und Alter

Die Grundform des Gesichts ist durch die Zufälle der Vererbung bedingt. Im Laufe der Lebensjahre zeichnen sich jedoch die Spuren des gelebten Lebens ein. Erlebnisse, Erfahrungen und Krankheiten prägen das Gesicht.

Muskeln, die häufiger angespannt werden, entwickeln sich kräftiger, und die Gesichtshaut bekommt charakteristische Falten.

Die Mundform kann durch die Muskeln zum Beispiel völlig umgebildet werden. Aus weichen, schön geschwungenen Lippen kann im Laufe des Lebens ein scharf geschnittener verbissener Mund werden.

Ein Beispiel dafür sind die beiden Porträts des Philosophen Arthur Schopenhauer. Das Jugendbild zeigt ihn mit vollem, schwellendem Mund. Das Altersbild ist durch harte Arbeit, Enttäuschungen und ein einsames Leben geprägt. Es zeigt Verbitterung. Die Oberlippe ist verbissen nach innen eingezogen, die Mundwinkel zeigen nach unten. Die Nasolabialfalte (Nasen-Lippen-Falte) ist tief eingegraben und zeigt die große Unzufriedenheit. Wäre Schopenhauers Leben anders verlaufen, dann hätte sein Altersbild auch anders ausgesehen.

Nach genußfrohen Sturm- und Drangjahren arbeitete Schopenhauer hart. Sein Hauptwerk »Die Welt als Wille und Vorstellung« erschien, aber der erwartete Erfolg blieb völlig aus. Die meisten Exemplare der ersten Auflage wurden wieder eingestampft. Auch als akademischer Lehrer konnte er sich nicht durchsetzen. Bei der Besetzung von Hegels Lehrstuhl wurde er übergangen. Er entwickelte sich immer mehr zum Menschenverächter und Verkünder der Begierdelosigkeit und lebte dreißig Jahre fast ganz für sich allein. Die Umwandlung von Schopenhauers Gesicht zeigt beispielhaft den Einfluß des Lebens auf die Physiognomie.

Der Philosoph Arthur Schopenhauer in der Jugend und im Alter

Unter dem Einfluß von chronischem Mißtrauen und Verachtung kann sich die Mimik so verfestigen, daß sie schließlich zum typischen Ausdruck eines Gesichts wird.

Der verfestigte Ausdruck der Unzufriedenheit im Gesicht eines alten Mannes

Die Augen sind durch den Augenschließmuskel leicht zugekniffen. Die Lippen sind drohend vorgeschoben. Die tief eingegrabenen Nasolabialfalten spiegeln in der Gesamtmimik die Unzufriedenheit des alten Mannes wider. Die ausgeprägte Procerusfalte deutet auf eine kämpferische Verbissenheit.

Der durch häufiges »Naserümpfen« verfestigte Ausdruck der Unzufriedenheit im Gesicht einer Bäuerin

Das »Naserümpfen« – auch ein Zeichen für Unzufriedenheit – kann sich, wenn es einmal zur Gewohnheit geworden ist, einem Gesicht derart einprägen, daß es im Alter immer naserümpfend aussieht.

Adenauers Patriarchengesicht hatte ein Aussehen, das in Richtung »Indianer-Ehrenhäuptling« ging. Er war ein Mann mit festgefügter Wesensstruktur. Die Zeit grub lediglich feste Runen in das sonst gelassene Gesicht.

Herbert Wehners Gesichtszüge sind dagegen weniger ausgeglichen. Er hat sich seine politische Laufbahn nie bequem gemacht. Sein Gesicht spiegelt sein leicht aufbrausendes und spannungsgeladenes Temperament wider.

Das Auge im Alter

Die Gewebespannung läßt im Alter nach und damit auch der Druck im Augapfel. Das Greisenauge wird deshalb normalerweise schlaff, welk und klein. Bei innerlich jung gebliebenen Greisen gibt es jedoch Ausnahmen. Das zeigt das Foto einer 96jährigen Handwerkersfrau.

Der Arzt Fritz Lange schreibt über diese Greisin: »Das Fett ist völlig geschwunden, der schlaffe Hautsack ist in zahllose Falten zusammengesunken. Die Augen liegen tief in der Höhle, aber sie leuchten aus der Tiefe hervor, weil der Augapfel seinen Turgur, seine Spannung, behalten hat. Die Augen sind bei der Greisin jung geblieben, und die Augäpfel geben dem Gesicht noch einen hohen Grad von geistiger Lebendigkeit.«

Auch Goethe soll im Alter solche Augen gehabt haben. Ein Stich von Schwerdtgeburth zeigt ihn 1832, im Jahr seines Todes.

Konrad Adenauers Patriarchengesicht

Herbert Wehners spannungsgeladenes Gesicht

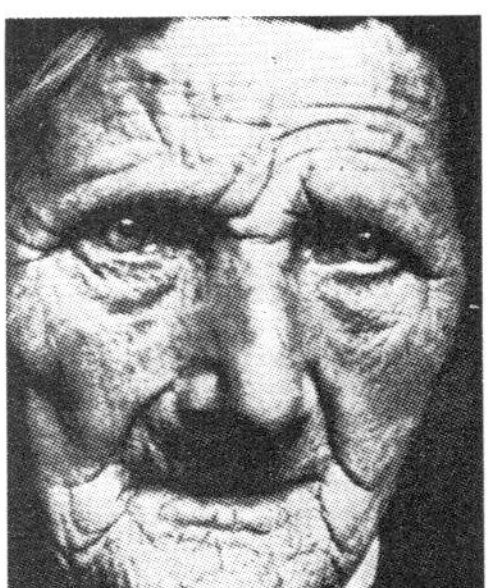

Die »jungen Augen« einer Handwerkersfrau, 96 Jahre alt

Goethes »junge Augen«

Täuschungsmöglichkeiten und Irrtümer bei der Beurteilung von Menschen

Die Erfassung von Eindrücken ist von der Stimmung abhängig, in der man sich befindet. In gedrückter Stimmung sieht die Welt grau aus. In ängstlicher Stimmung erscheinen die Menschen gefährlicher und furchterregender, als sie in Wirklichkeit sind. Die persönliche Stimmungslage des Beobachters beeinflußt also stets den objektiven Eindruck. Es gibt deshalb nur einen »subjektiven« Eindruck.

Im Alltag gelangt man schnell zu einem festgefügten Urteil. Wurden einige positive Eigenschaften an einem Menschen entdeckt, neigt man dazu, ihm auch noch einige andere gute Eigenschaften zuzuschreiben, um das Charakterbild positiv abzurunden. Diese Verallgemeinerung wird als »Halo-Effekt« bezeichnet.

Der Halo-Effekt

Er ist besonders deutlich, wenn Sympathie oder Antipathie die Beurteilung färben. Bei Sympathie besteht die Tendenz, einem Menschen möglichst viele gute Eigenschaften zuzuschreiben. Sympathie und vor allem Liebe machen »blind«. Besonders der Verliebte sieht durch eine »rosarote Brille« vorwiegend die positiven Eigenschaften. Negative Eigenschaften werden unbewußt in positive umfunktioniert.

Genauso falsch urteilt natürlich auch eine Person, die Antipathie oder Haß empfindet. Wer haßt, sieht durch eine graue Brille nur noch schlechte und verdammenswerte Eigenschaften. Positive Eigenschaften werden in negative umfunktioniert. Dem Verhalten werden schlechte Motive untergeschoben: Er macht das nur, weil er imponieren will; er verspricht sich einen Vorteil davon usw.

Die Auswirkung des Halo-Effekts hat Viktoria Brandner 1960 am Wiener Psychologischen Institut in einem interessanten Experiment untersucht. In einer Schulklasse mußten alle Kinder ein Gedicht auswendig lernen. Der beste und der schlechteste Schüler sollten das Gedicht vortragen. Ihre Gedichte enthielten absichtlich fünfzehn Fehler. Beide Schüler trugen ihr Gedicht mit den gleichen Fehlern vor. Die Klasse sollte die Fehler zählen. Beim besten Schüler wurden durchschnittlich 9,22 Fehler, beim schlechtesten dagegen 14,24 Fehler gezählt. Das zeigt, daß der Ruf, in dem ein Schüler steht, für seine Beurteilung eine große Rolle spielt. Der Ruf oder das Image führen zu einer jeweils ganz anderen Erwartungseinstellung. Vom besseren Schüler werden weniger Fehler erwartet, also wurden *unbewußt* Fehler übersehen. Beim schlechteren Schüler werden mehr Fehler erwartet, also fielen der Klasse unbewußt auch mehr Fehler auf. Der schlechte Schüler wurde aufgrund seines Rufs viel kritischer beurteilt.

Zur Kontrolle wurde dieses Experiment auch in einer Klasse durchgeführt, die die beiden Schüler nicht kannte und weder eine positive noch eine negative Erwartungseinstellung hegte. Jetzt war die durchschnittlich beanstandete Fehlerzahl fast gleich (10,35 zu 11,18).

Die Vorurteile

Eine weitere Fehlerquelle bei der Beurteilung von Menschen sind »Stereotype«. Man hat eine fast geprägte Vorstellung, ein Vorurteil, von einer bestimmten Berufsgruppe (zum Beispiel Autohändler, Lehrer, Künstler usw.) oder Rasse (Neger, Indianer, Chinese usw.) oder Bildungsschicht (Arbeiter, Studenten usw.). Man hat sofort eine Eigenschaftsliste für die entsprechende Gruppe parat. Diese Stereotype beherrschen den Alltag, denn sie sind bequem vereinfachend.

Liste der häufigsten Vorurteile

Über Berufsgruppen:
Künstler sind leichtlebig.
Professoren sind zerstreut.
Studenten stehen politisch links.
Manager haben die Managerkrankheit.
Über Volksgruppen:
Schotten und Schwaben sind geizig.
Neger sind dümmer als Weiße.
Juden sind geschäftstüchtiger als andere Rassen.
Über Körpermerkmale:
Schöne Frauen sind dumm.
Volle Lippen zeigen Sinnlichkeit.
Hohe Stirn bedeutet Intelligenz.
Eine Hakennase bedeutet Kühnheit.
Zusammengewachsene Augenbrauen bedeuten Brutalität.
Breites, wuchtiges Kinn bedeutet Durchsetzungskraft.
Frauen mit üppigem Busen sind besonders sinnlich.

Die individuelle Beurteilungstendenz

Es gibt Personen, die grundsätzlich eher gute Urteile abgeben, andere Personen sind überkritisch und urteilen durchweg mehr negativ. Wer eher positive Urteile abgibt, ist meist aufgeschlossen, optimistisch und kontaktbereit. Wer mehr zu negativen Urteilen neigt, ist dagegen mißtrauischer, skeptischer und zurückhaltender eingestellt.

Die projektive Täuschung

Man begegnet im Alltag Menschen, die in ihrem Verhalten oder Aussehen an eine andere Person erinnern (zum Beispiel den Vater, die Mutter, einen ehemaligen Lehrer, Freund oder Arbeitskollegen). Aufgrund dieser äußeren Ähnlichkeit schließt man irrtümlich auch auf eine Ähnlichkeit im psychischen Bereich.

Man neigt dazu, sich gegenüber der Person, die an den ehemaligen Lehrer erinnert, ähnlich einzustellen wie als Schüler. Die alten Minderwertigkeitsgefühle steigen auf, man wird unsicher, weil man zum Beispiel hinter dieser ähnlichen Person den gleichen Zynismus vermutet, der einen bei dem ehemaligen Lehrer vielleicht besonders belastet hat.

Es gibt Prägungsphasen bestimmten Personentypen gegenüber. Die Autoritätsprägung zum Beispiel geschieht in der Kindheit durch den Einfluß von Eltern und Lehrern.

Die Prägung gegenüber Liebespartnern vollzieht sich während der Pubertät und in den Jahren danach. Dem ersten Liebespartner kommt deshalb eine große Bedeutung zu. Es gibt Männer, die durch ihre erste Liebe für ihr ganzes Leben auf einen bestimmten optischen Typ fixiert sind, zum Beispiel: blond, lange Haare, schlank, sportlich, blaue Augen – oder: schwarze kurze Haare, mollige Figur, dunkle Augen.

Aufgrund dieser Fixierung in der Pubertät fällt mancher immer wieder auf denselben Typ herein. Ich kenne einen Mann, der aufgrund seiner ersten Liebeserfahrung nur große, rothaarige Frauen bevorzugt. Schwarzhaarige wirken auf ihn neutral. Sie interessieren seine Sexualität so gut wie nicht. Er projiziert auch stets dieselben Eigenschaften in seinen Frauentyp hinein: intelligent, temperamentvoll, stark emotional und sexuell aktiv. Es fällt ihm schwer, zu glauben, daß eine große, rothaarige Frau auch unintelligent, träge und unterkühlt sein könnte. Die Eigenschaften werden also aufgrund des optischen Eindrucks in die jeweilige Frau *hineinprojiziert.* Durch diesen Projektionsmechanismus ist die objektive Menschenkenntnis stark beeinträchtigt, denn die Projektion macht blind für eine vorurteilsfreie Beurteilung.

Dieses Beispiel wirkt extrem. Aber in Wirklichkeit steckt jeder Mensch voll von Prägungen, die täglich unbewußte Projektionsmechanismen dieser Art auslösen.

Eine verbreitete Projektion kann man

bei Untergebenen gegenüber ihrem Chef beobachten. Häufig sehen sie in ihrem Chef eine Art Vater- oder Lehrerfigur. Statussymbole sind deshalb für Chefs ein wichtiges Mittel, Macht zu demonstrieren und Mitarbeiter einzuschüchtern. Die Autorität funktioniert besonders gut, wenn ein Chef es versteht, den Vater-Sohn-Effekt zu erzeugen. Dann ist die Autorität durch den Projektionsmechanismus besonders gut gesichert.

Viele Chefs nutzen ihre Autorität aus. Sie halten sich auf diese Weise lästige Diskussionen vom Leib und vermeiden es, sich selbst in Frage stellen zu lassen. Durch die Unterwürfigkeit ihrer Mitarbeiter können sie außerdem ihr eigenes Selbstbewußtsein weiter aufbauen.

Ein interessanter Aspekt des Projektionsmechanismus ist in vielen Ehen zu beobachten. Wenn eine Frau Kinder geboren hat, sagt der Ehemann oft »Mutti« und die Frau »Vati«. Häufig geschieht dann folgende Projektion: Im Alltag nimmt die Frau immer mehr eine betreuende Mutterstellung ein – wenn dann die sorgende Mutti auch noch stets als »Mutti« angesprochen wird, bilden sich Mutterprojektionen. Aufgrund des Inzesttabus ist es jedoch nicht gestattet, mit der Mutter sexuell zu verkehren. Der Mann kann aus diesem Grund bei der eigenen Frau impotent werden. Andererseits wird die Frau bei ihrem »Vati« frigide.

Die Ähnlichkeitstäuschung

Oft glaubt man, daß Menschen, die sympathisch wirken, ähnliche Eigenschaften haben, die man auch sich selbst zuschreibt. Bei unsympathischen Menschen stellt man dagegen selten eine Ähnlichkeit mit sich selbst fest. Ein anderes Beispiel: Wer selbst einen hohen Intelligenz-Quotienten (IQ) besitzt, neigt dazu, andere Menschen in ihrer Intelligenz höher einzuschätzen, als sie es tatsächlich sind.

Wissensfragen
Was haben Sie behalten?

Mit den folgenden siebzehn Fragen können Sie selbst prüfen, wieviel Informationen Sie behalten haben. Sie können dabei feststellen, wie aufmerksam Sie das Buch bis zu dieser Stelle gelesen haben.

1 Kreuzen Sie an, welcher Körperbautyp abgebildet ist.

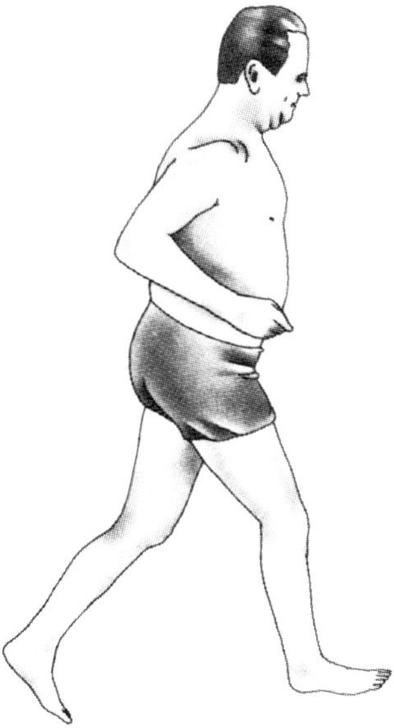

a) Leptosom
b) Pykniker
c) Athletiker
d) Dysplastiker

2 Kreuzen Sie an, welcher Körperbau abgebildet ist.

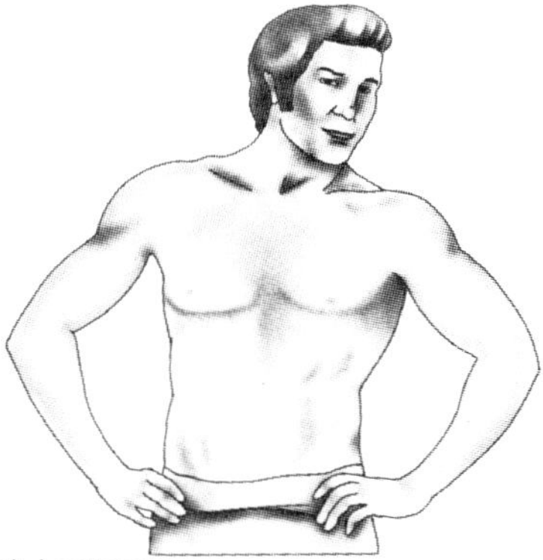

a) Leptosom
b) Pykniker
c) Athletiker
d) Dysplastiker

3 Kreuzen Sie an, welcher Körperbau abgebildet ist.

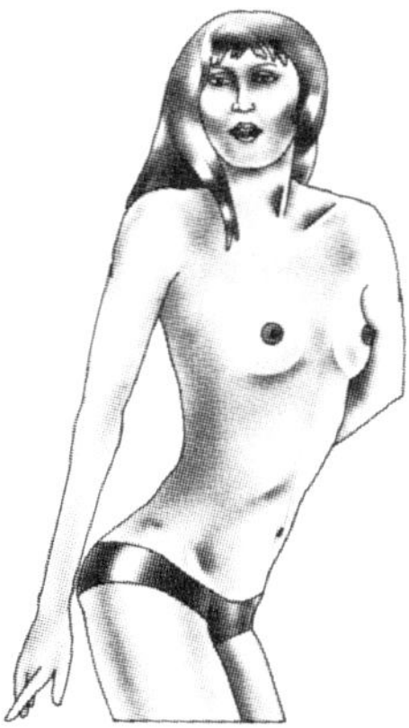

a) Leptosom
b) Pykniker
c) Athletiker
d) Dysplastiker

4 Welcher Körperbautyp verhält sich bei emotionaler Erregung beherrschter?
a) Der Pykniker ist beherrschter als der Leptosom
b) Der Leptosom ist beherrschter als der Pykniker

5 Welcher Körperbautyp besitzt eine größere Konzentrationsfähigkeit?
a) Pykniker
b) Leptosom

6 Welcher Körperbautyp neigt am ehesten zu manisch-depressiven Verstimmungen?
a) Leptosom
b) Pykniker
c) Athletiker
d) Dysplastiker

7 Welche Eigenschaft kann hinter einem Gesicht vermutet werden, das folgende Ausdruckssymptome zeigt: herabgezogene Mundwinkel, bei erhobenem Kopf Blick nach unten gerichtet, Heben der Nasenflügel?
a) Blasiertheit
b) Resignation
c) Verachtung

8 Wie sieht die Mimik eines überraschten Menschen aus?
a) Erweiterte Pupille, vertikale Stirnfalten und herabgezogene Mundwinkel
b) Übernormal geöffnetes Auge, hochgezogene Brauen und leicht geöffneter Mund
c) Horizontale Stirnfalten, verpreßter Mund und weit geöffnete Augen

9 Durch welche der drei Eigenschaften entstehen am ehesten Kontaktschwierigkeiten?
a) Blasiertheit
b) Entschlossenheit
c) Verzücken

10 Was bedeutet bei erhobenem Kopf der Blick von oben?
a) Verzücken
b) Verlegenheit
c) Blasiertheit

11 Wie äußert sich Selbstbehauptung in der Stimme?
a) Brustklang der Stimme
b) Starker Wechsel der Stimmstärke
c) Schwankungen des Sprechtempos

12 Wie kann sich ein Mangel an Vitalität in der Stimme ausdrücken?
a) Schwankungen der Sprechgeschwindigkeit
b) Unregelmäßiges Schwanken der Stimmstärke bei geringer Stimmfülle
c) Kopfklang der Stimme

13 Woran kann man die Intelligenz eines Menschen besser erkennen?
a) am Gesichtsausdruck
b) am Sprechausdruck

14 Welche Bindungsform der Schrift spricht am ehesten für Kontaktbereitschaft?
a) Arkade
b) Girlande
c) Winkel
d) Faden

15 Welches Schriftmerkmal deutet unter Umständen auf Egoismus?
a) Rechtsläufigkeit der Endungen
b) Linksläufigkeit der Endungen
c) Verbundenheit der Schrift
d) Unverbundenheit der Schrift

16 Wie wird ein schlechter im Vergleich zu einem guten Schüler von seinen Mitschülern beurteilt?
a) Besonders kritisch
b) Besonders nachsichtig
c) Es besteht kein Unterschied in der Beurteilung

17 Wenn eine Person X in ihrer äußeren Erscheinung (Physiognomie, Mimik, Körperbau und Stimme) an eine Person Y stark erinnert,

a) schreibt man der Person X ähnliche Charaktereigenschaften zu wie Person Y

b) schreibt man der Person X keine ähnlichen Charaktereigenschaften zu wie Person Y

Auswertung

Kreuzen Sie bitte jede richtig gelöste Aufgabe an (siehe folgende Seite).

Notieren Sie für jede richtige Lösung einen Punkt. Ihre Punktsumme = ___

Ihre Punkte	**Ihre Wissensmenge**	
0–3	sehr gering	
4–6	gering	Sie sollten den ersten Teil nochmals lesen.
7–9	unterdurchschnittlich	
10–12	überdurchschnittlich	
13–15	gut	
16–17	sehr gut	

Das sind die richtigen Lösungen:

1 b	**7 c**	**13 b**
2 c	**8 b**	**14 b**
3 a	**9 a**	**15 b**
4 b	**10 c**	**16 a**
5 b	**11 a**	**17 a**
6 b	**12 b**	

Zweiter Teil:
Modelle der Persönlichkeitsstruktur

Was bedeutet das Wort »Persönlichkeitsstruktur« in der Psychologie? Jeder Mensch hat seine individuelle Persönlichkeitsstruktur. Persönlichkeit bedeutet also nicht herausragende, ausgereifte Individualität im Sinne von »er ist eine große Persönlichkeit«.

Die Persönlichkeitsstruktur ist ein System von Charakter- und Leistungseigenschaften. Zur Entstehung, Funktion und Dynamik dieser Eigenschaften haben die Psychologen verschiedene Modelle entwickelt.

Jedes Individuum besitzt eine charakteristische Einzigartigkeit durch seine individuell ausgeprägten Eigenschaften. Jede Eigenschaft ist bei fast allen Menschen vorhanden, allerdings in unterschiedlicher Ausprägung. Jeder Mensch hat deshalb eine für ihn typische Eigenschaftsstruktur. Ein guter Menschenkenner erkennt diese Struktur.

Um das Eigenschaftsgefüge zu verstehen, ist die Analyse von Mimik, Gestik, Sprechweise und Körperbau natürlich nicht ausreichend. Diese Ausdrucksmerkmale geben zwar einen wichtigen Teileinblick, denn meist handelt es sich um Momentaufnahmen, die zumindest für den Augenblick ein richtiges Einschätzen der Mitmenschen ermöglichen. Ein guter Menschenkenner sollte die Menschen jedoch noch etwas besser kennen. Er sollte wissen, wie sie auf längere Sicht reagieren, was sie bewegt und in welche Richtung sie ihr Leben steuern.

Um die Menschen richtig beurteilen zu können, muß man etwas von den tiefenpsychologischen Zusammenhängen verstehen. Man sollte zum Beispiel wissen, wie die menschliche Seele aufgebaut ist. Einige grundlegende Theorien der seelischen Struktur sollen deshalb auf den folgenden Seiten kurz dargestellt werden.

Zwischen den vier Modellen besteht kein unüberbrückbarer Widerspruch; sie ergänzen sich.

Erstes Modell: Das Kräftespiel in der Seele

Sigmund Freud, der Begründer der Psychoanalyse, unterscheidet in seinem Persönlichkeitsmodell drei Instanzen, die das Verhalten und die Eigenschaften eines Menschen beeinflussen: das Es, das Ich und das Über-Ich. Diese drei Instanzen entwickeln sich in der Kindheit nacheinander.

Der Begründer der Psychoanalyse, Sigmund Freud

Das Es

Das Es, die elementarste Schicht, ist bereits vom ersten Lebenstag an vorhanden. Im Es gelten die Gesetze des logischen Denkens nicht, vor allem nicht der Ausschluß des Widerspruchs. Völlig gegensätzliche Regungen können hier nebeneinander bestehen, ohne daß sie sich gegenseitig aufheben. Das Es kennt keine Wertungen, keine Moral und auch kein Gut oder Böse. Es hat nur ein Ziel:

das blinde Streben nach Befriedigung der Triebe und Bedürfnisse.

Ein neugeborenes Baby ist für Freud zunächst nur ein Es, weil es ausschließlich nach Triebbefriedigung und lustvoller Entspannung strebt. Das Baby merkt jedoch bald, daß in der Realität Lustbefriedigung nicht immer möglich ist. Jedem Menschen muß deshalb die Anpassung an die Realität gelingen, wenn er älter wird. Dafür ist das Ich zuständig. Es wird die Ansprüche des Es mehr oder weniger unterdrücken, wenn sie im Gegensatz zu den Forderungen der Realität stehen.

Das Ich

Das Ich bildet sich bereits beim Kleinkind. Das Kind beobachtet die Umwelt und schaltet zwischen die elementaren Bedürfnisse des Es und die spontane Handlung die Denkbarkeit. Dadurch wird das Es teilweise beherrscht. Das Ich überprüft die Realität und entscheidet, ob Triebansprüche zur Befriedigung zugelassen werden oder auf einen günstigeren Zeitpunkt verschoben werden.

Während im Es keine gesteuerte Organisation besteht, besitzt das Ich die Fähigkeit, vernünftig und besonnen zu handeln. Das Es besteht dagegen aus ungezähmten Leidenschaften. Freud hat einmal das Verhältnis vom Ich zum Es mit dem des Reiters zu seinem Pferd verglichen. Das Pferd liefert die Energie und Kraft. Der Reiter bestimmt das Ziel und leitet die Bewegungen. Allerdings kommt es manchmal vor, daß der Reiter (Ich) die Beherrschung über das Pferd verliert und das Pferd (Es) selbst bestimmt, wohin es will. Das Ich ist also nicht immer Herr über das Es. An das Ich werden außerdem Forderungen gestellt, zum Beispiel von Eltern und Lehrern mit ihren Geboten und Verboten. Sie werden in der Kindheit übernommen und als richtig und wahr akzeptiert. Auf diese Weise bildet sich die dritte Instanz, das Über-Ich.

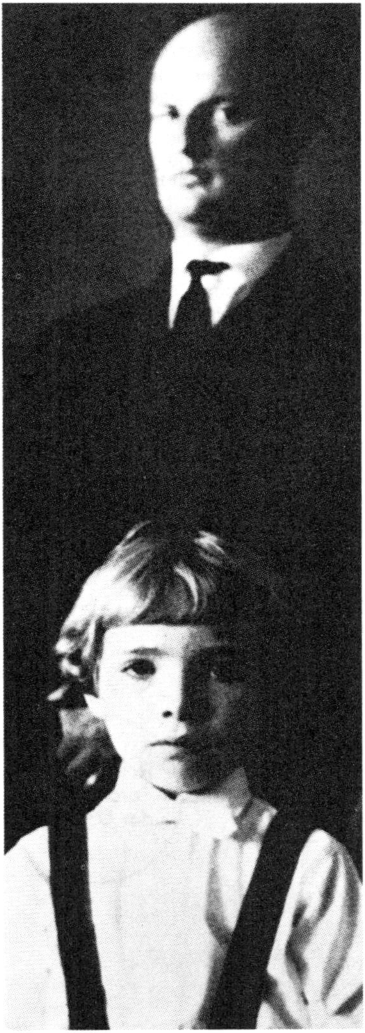

Die Autorität bildet das »Über-Ich«

Das Über-Ich

Das Über-Ich hat die Funktion des Gewissens. Die Rolle des Über-Ich wird in der Kindheit zunächst von einer äußeren Macht, der elterlichen Autorität, repräsentiert. Nach und nach wird das Über-Ich zu einer selbständigen Instanz in der Seele und übernimmt hier die Macht der Elterninstanz. Auch Lehrer, Chefs und Vorbilder arbeiten weiter an der Bildung des Über-Ich mit.

Das Über-Ich wird schließlich zum Gewissen und zum Repräsentanten der Normen und Moralvorstellungen einer Gesellschaft. Die Menschen anderer Kulturen und Gesellschaften besitzen folglich auch ein anders strukturiertes Über-Ich.

Das Ich wird von drei Seiten unter Druck gesetzt, vom Es mit Triebwünschen, vom Über-Ich mit moralischen Normen und von der Realität mit ihren Forderungen.

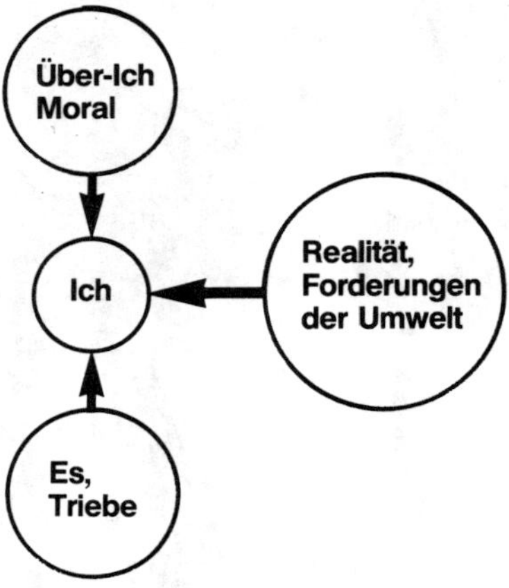

Das Ich steht im Mittelpunkt des Freudschen Persönlichkeitsmodells, weil es sämtlichen Konflikten ausgeliefert ist. Vom Es getrieben, vom Über-Ich eingeschränkt, ringt das Ich um Harmonie zwischen den verschiedenen Kräften und Einflüssen.

Viele Menschen besitzen ein schwaches Ich, das mit diesem Kräftespiel nicht fertig wird. Es gibt drei Möglichkeiten der »Ich-Schwäche«:

1. Das Es siegt über das Ich
Menschen dieser Art geben Triebwünschen sofort nach. Sie vergessen, daß sie verheiratet sind, wenn sie ein hübsches Mädchen sehen. Sie vergessen zum Beispiel auch die Regeln des Anstands und der Fairneß, wenn sie zornig werden. Sie können sich nur schwer beherrschen und geraten aus diesem Grund leicht in Konflikt mit den Personen ihrer Umwelt.

2. Das Über-Ich siegt über das Ich
Diese Menschen werden von den Normen und Moralvorstellungen der Gesellschaft beherrscht. Sie leben aus diesem Grund zwanghaft angepaßt und sind Sklaven ihres Über-Ich. Ein Mann mit ausgeprägt ehemoralischem Über-Ich bekommt schon ein schlechtes Gewissen, wenn er eine Frau sieht, die ihm gefällt.

3. Die Realität siegt über das Ich
Das Ich wird weder vom Es noch vom Über-Ich beherrscht, sondern von den Forderungen der Realität. Allein die Anpassung an die augenblicklichen Verhältnisse zählt.

Diesen Forderungen zuliebe werden Triebwünsche (aus dem Es) unterdrückt und Moralvorstellungen (aus dem Über-Ich), die im Moment nicht aktuell sind oder wenig nützen, verleugnet. Personen dieser Art hängen ihr Fähnchen nach dem Wind. Sie vertreten die Moral, die ihnen im Augenblick einen Vorteil bringt (Opportunismus).

Das Ich kämpft also gegen das Es, das Über-Ich und die Forderungen der Realität. Aus diesem Kampf können seelische Störungen, Neurosen und Psychosen hervorgehen. Es würde den Rahmen des Buches sprengen, die verschiedenen Arten der Neurose hier zu beschreiben.

Die Macht der Triebe

Berühmter noch als durch sein Persönlichkeitsmodell wurde Freud mit seinem Triebmodell. Die letzte Fassung seiner Trieblehre stellt die Abhandlung »Jenseits des Lustprinzips« (1920) dar. Über seine Arbeit an diesem Modell schrieb Freud 1930 rückblickend: »Von allen langsam entwickelten Stücken der analytischen Theorie hat sich die Trieblehre am mühseligsten vorwärts getastet.«

Freud gelangte zu der Auffassung, daß zwei Urtriebe den Menschen beherrschen: der Todestrieb (oder Destruktionstrieb, Aggressionstrieb) und der Eros (oder Sexualtrieb, Lebenstrieb). Der Eros geht von den erogenen Zonen aus. Eine organische Lokalisierung des Todestriebes wird von Freud dagegen nicht genannt. Die Schwäche dieser Auffassung liegt darin, daß Freud keine innere organische Quelle für den Todestrieb angeben kann. Das ist einer der wichtigsten Angriffspunkte für die Kritiker seiner Trieblehre.

Verhängnisvoll hat sich Freuds Ansicht ausgewirkt, daß Aggressionen über die Muskeln nach außen verlegt werden müßten, das heißt, daß der Todestrieb ausgelebt und in Aggressionshandlungen abreagiert werden müßte – wie auf seine Weise der Sexualtrieb. Eine absichtliche Triebunterdrückung sei bedenklich, behauptet Freud.

Das gab in den letzten sechzig Jahren vielen eine »wissenschaftlich begründete« Entschuldigung für ihr aggressives Verhalten – nach dem Motto: »Aggressionen soll man nicht unterdrücken, sonst wird man seelisch krank.« Der Berliner Psychologe Herbert Selg schreibt in seinem Buch »Zur Aggression verdammt?«: »Wer wie die Psychoanalyse einen Aggressionstrieb propagiert, fördert gewollt oder ungewollt den Fortbestand einer einseitig auf Wettbewerb ausgerichteten Gesellschaft.«

Freuds Triebmodell

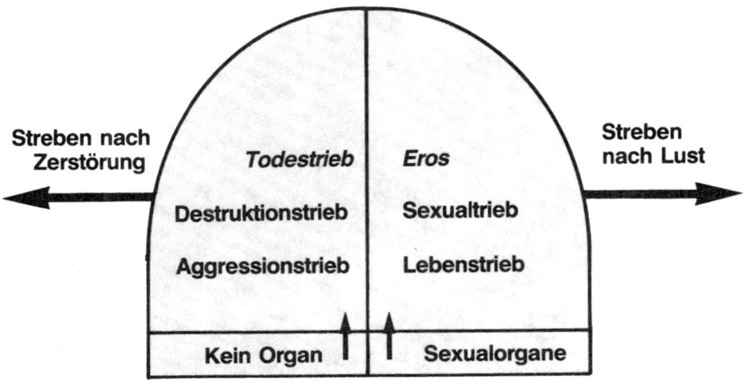

Eine Unterdrückung des Sexualtriebs scheint tatsächlich nervöse Störungen zu erzeugen, wie vor allem der Freud-Anhänger Wilhelm Reich eindringlich geschildert hat. Das ist verständlich, weil es für den Sexualtrieb eine organische Grundlage (Geschlechtsorgane und Sexualhormone) gibt. Es gibt jedoch kein Aggressionsorgan und auch keine Aggressionshormone. Deshalb lehnen viele moderne Psychologen die Hypothese Freuds – daß es einen angeborenen Aggressionstrieb gebe – ab. Dieser Auffassung sind auch bekannte Psychoanalytiker wie Otto Fenichel und Karen Horney.

Mit der Ablehnung des Aggressionstriebs wird nicht behauptet, daß es keine Aggressionen gibt oder daß sie aus dem Nichts entstehen. Jeder von uns macht täglich die Erfahrung, daß es Aggressionen gibt. Aber sie sind nicht »angeboren«. Sie entstehen in der Kindheit bzw. Jugend und entwickeln sich aus den Erfolgen und Mißerfolgen aggressiven Verhaltens unter anderem durch Nachahmung von beobachteten Aggressionen bei Eltern, Lehrern, Chefs, Mitmenschen, Filmstars oder Politikern.

Es gibt wissenschaftliche Untersuchungen, die beweisen, daß Aggressionen sehr früh *gelernt* werden. Das gibt der Erziehung wieder eine Chance, und es besteht die Hoffnung, daß künftige Gesellschaften, wenn sie weniger aggressiv erzogen werden dann auch friedlicher, harmonischer zusammenleben.

Die Dynamik der Abwehrmechanismen

Das Modell von Sigmund Freud zeigt, daß sich das Ich gegen das Über-Ich, die Realität und das Es durchsetzen muß. In diesem Kampf benützt das Ich sogenannte *Abwehrmechanismen*. Sie bestimmen die oft eigenartigen Winkelzüge des menschlichen Verhaltens.

Anna Freud führte das Werk ihres Vaters auf dem Gebiet der Abwehrmechanismen weiter

Im folgenden werden die wichtigsten Abwehrmechanismen einzeln aufgeführt und kurz charakterisiert.

1. Die Verdrängung

Die Verdrängung ist der bekannteste Abwehrmechanismus. Ein bewußtes Motiv wird dabei ins Unterbewußtsein befördert.

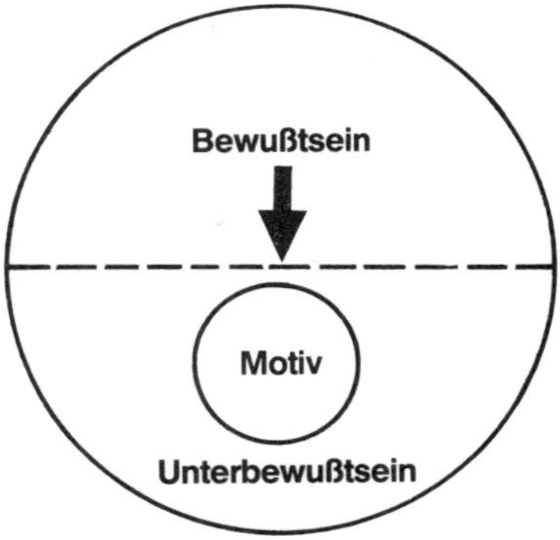

Aggressives Verhalten eines Kindes gegen seinen Vater wird bestraft, beispielsweise mit Liebesentzug. Auf Geborgenheit und Liebe kann und will ein Kind jedoch nicht verzichten, deshalb bekommt es Angst, sobald die aggressiven Wünsche auftauchen. Die aggressiven Handlungen werden nicht ausgeführt, sondern verdrängt; oft werden aggressive Wünsche auch bereits im Keim erstickt und gelangen gar nicht mehr ins Bewußtsein. Derselbe Verdrängungsmechanismus spielt sich auch im Verhältnis Chef–Untergebener, Lehrer–Schüler und zwischen Ehepartnern ab.

Auch sexuelle Bedürfnisse werden oft verdrängt, zum Beispiel während der Arbeitszeit oder einer verheirateten Person gegenüber, welche durch die Ehe als Sexualpartner als tabu angesehen wird.

2. Die Projektion

Die Projektion ist ein Zeichen für unvollständige Verdrängungen, denn Triebimpulse aus dem Es und Impulse aus dem Über-Ich, die man selbst verdrängen will, werden bei anderen Menschen wahrgenommen. Dann heißt es: Nicht ich bin sexuell gestimmt – die anderen sind Sexualprotze.

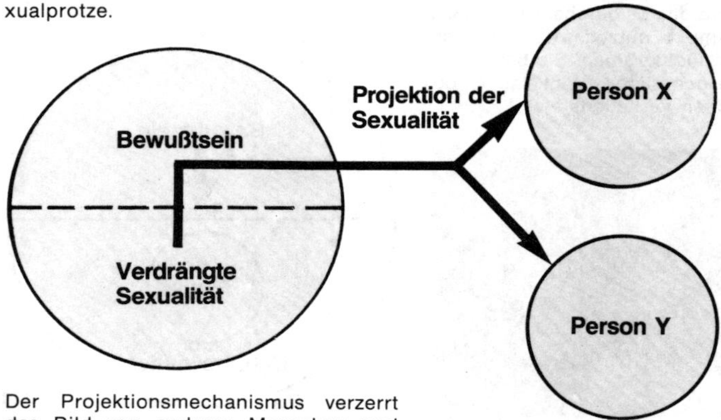

Der Projektionsmechanismus verzerrt das Bild von anderen Menschen und führt zu Irrtümern in der Beurteilung (siehe auch Seite 92 f.).

3. Die Reaktionsbildung

Das Auftauchen beispielsweise eines sexuellen Impulses löst Angst aus, weil das

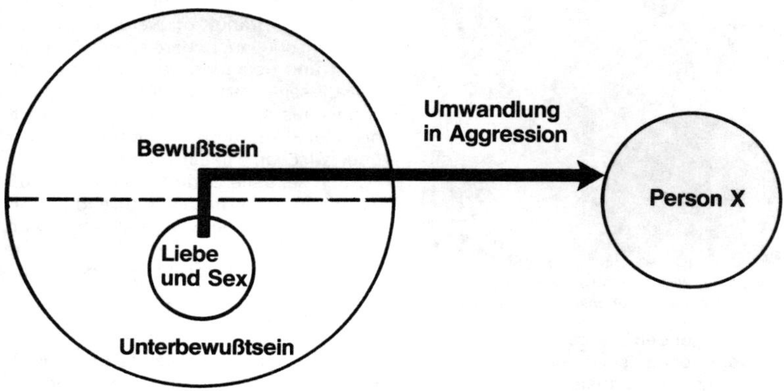

strenge, moralische oder prüde Über-Ich diesen Impuls nicht gestattet. Die Reaktionsbildung auf die sexuellen Gefühle kann sich dann in zynischem oder aggressivem Verhalten der begehrten Person gegenüber äußern. Besonders auffällige oder übersteigerte Höflichkeit kann eine Reaktionsbildung auf aggressive Wünsche sein.

Die Reaktionsbildung auf Furcht ist Tapferkeit. Ein empfindsamer Menschenkenner erkennt Reaktionsbildungen vor allem an ihrer übertriebenen Intensität.

4. Die Verschiebung

Ein Bedürfnis, das sich nicht am Original befriedigen kann, sucht sich ein Ersatzobjekt. Wenn ein Angestellter auf seinen Chef wütend ist, aber seine Aggressionswünsche diesem gegenüber verdrängen muß, kann sich seine Wut auf die Ehefrau verschieben; sie dient dann als Blitzableiter.

Ein anderes Beispiel: Eine Frau, die keinen Mann gefunden hat, tröstet sich mit ihrem Hund oder Kanarienvogel und leitet dort ihre Zärtlichkeitsbedürfnisse ab.

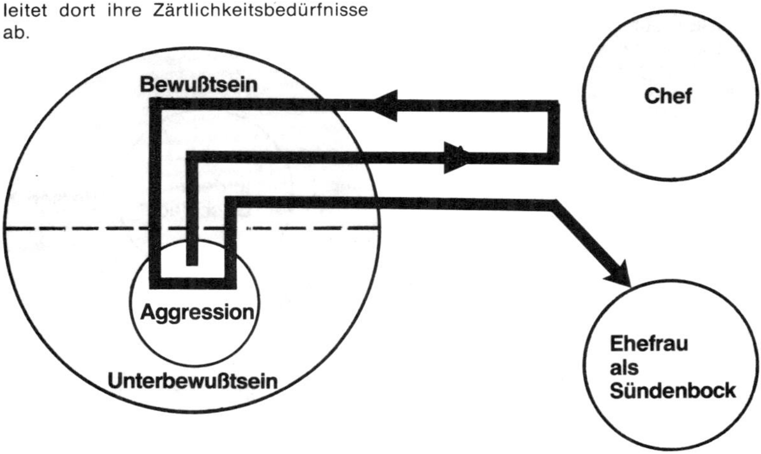

5. Die Sublimierung

Sexuelle Impulse aus dem Es werden verdrängt und statt dessen »sozial wertvolle« Ziele angestrebt (Kunst, Wissenschaft, Politik usw.). Ein Beispiel für die Sublimierung von Genußfreude und Sexualität ist der Lebensweg Arthur Schopenhauers (siehe Seite 89).

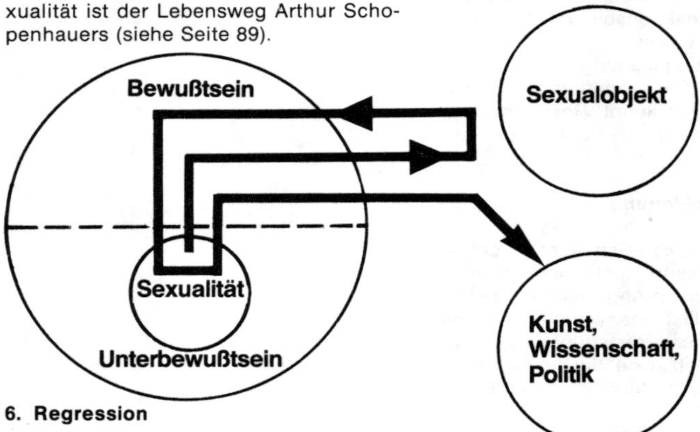

6. Regression

Bei Frustrationen und Enttäuschungen greift das Ich auf frühere Stadien der erfolgreichen Lebensbewältigung zurück. Ein Junge wendet sich zum Beispiel wieder seinem Freund zu, nachdem eine sexuelle Beziehung zu einem Mädchen mißglückt ist, und wird unter Umständen homosexuell.

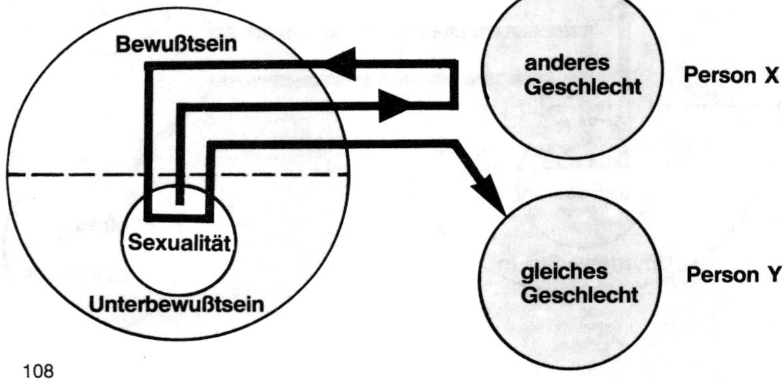

Wenn vierjährige Kinder, die bereits sauber waren, wieder zu Bettnässern werden, weil sie ein Geschwisterchen bekommen haben (deshalb eifersüchtig sind), handelt es sich gleichfalls um eine Regression (Rückgriff auf früheres Verhalten). Sie wollen auf diese Weise die Aufmerksamkeit der Mutter wieder stärker auf sich lenken. Bei Erwachsenen kommen vorübergehende Regressionen unter besonders starker affektiver Spannung vor.

Es gibt noch etliche andere Abwehrmechanismen: die Fixierung, die Isolierung, die Leugnung der Realität, die Wendung gegen die eigene Person, die Umkehrung ins Gegenteil und die Konversion. Diese Abwehrmechanismen werden hier jedoch nicht beschrieben, weil sie zu sehr ins Detail führen (die Isolation ist zum Beispiel die Abwehrart der Zwangsneurose, die Konversion ist ein Prozeß, der zu körperlichen Krankheitssymptomen, zu Krampfanfällen und Lähmungen führt).

Zweites Modell: Der Wille zur Macht

Der Freud-Schüler Alfred Adler (ein studierter Augenarzt) ging bereits 1911 seine eigenen wissenschaftlichen Wege. Er begründete die Individualpsychologie, ein neues Modell der Psyche, das von Freuds Vorstellungen abweicht.

Adler orientierte sich nicht an Freuds Struktur vom Es, Ich und Über-Ich. Vor allem die Betonung des Sexualtriebs in Freuds Psychoanalyse war ihm suspekt. Er entdeckte in der Psyche einen anderen Impuls, der ihm viel grundlegender erschien als Sex und Aggression: den Selbsterhaltungstrieb.

Das wichtigste menschliche Bedürfnis ist nach Adler der Drang nach Überlegenheit. Im Willen zur Macht oder zur Überlegenheit sieht er den elementarsten Trieb. Besonders stark ausgeprägt

Der Begründer der Individualpsychologie, Alfred Adler

ist dieses Bedürfnis bei Menschen, die eine Organminderwertigkeit ausgleichen müssen. Diesen Vorgang nennt Adler Kompensation.

Drei Arten der Kompensation

1. Das minderwertige Organ wird so lange trainiert, bis es besonders überlegen ist.

2. Das minderwertige Organ bleibt bestehen, aber es werden überdurchschnittliche Leistungen auf einem anderen Gebiet angestrebt.

3. Das minderwertige Organ bleibt bestehen, und der Mensch flüchtet in die Neurose. Die Krankheit dient dazu, Überlegenheit zu gewinnen, weil die Mitmenschen durch die Krankheit tyrannisiert werden können und Rücksicht nehmen müssen.

Die Triebfeder zur Kompensation muß nicht nur eine Organminderwertigkeit sein. Auch Minderwertigkeitsgefühle allgemeiner Art können die Ursachen für Kompensationen sein. Aus der erlebten

Schwäche (oder Minderwertigkeit) wird Kraft zur Leistung gezogen.

Das tiefenpsychologische Prinzip »Kraft aus Schwäche« gilt auch für die Athleten des Leistungssports. Der achtfache Olympiasieger im Weit-, Hoch- und Dreisprung, Ray C. Ewry (USA), lernte nach einer Kinderlähmung erst mit 20 Jahren gehen. Auch Wilma Rudolph hatte Kinderlähmung. 1960 wurde sie dann in Rom dreifache Olympiasiegerin.

Der amerikanische Olympiasieger im Hammerwerfen, Harold Connolly, hatte einen um sieben Zentimeter kürzeren Arm. Zum Doping meinte er: »Ein Athlet in seinem Drange ist bereit, alles zu tun, was ihn nicht geradezu umbringt.« Das Training und die Leistungssteigerung befriedigen das Bedürfnis nach Überlegenheit und sozialer Anerkennung.

Der Sport dient häufig der psychischen Selbstheilung. Aber nicht nur der Sport, sondern auch der Beruf. Eine Umfrage der »Welt« förderte zutage: »Der Leistungsverweigerer ist eine Rarität. Vielmehr herrscht die Bereitschaft vor, mehr zu leisten und mehr Verantwortung zu übernehmen.« Die Berufsleistung fördert das Selbstbewußtsein und kompensiert Minderwertigkeitsgefühle.

Wie wichtig das Streben nach Berufserfolg sein kann, zeigt auch eine Studie der Treuwerth & Gerlach GmbH & Co. vom Oktober 1971. Die Frage: »Wo liegen die zentralen Interessen Ihres Lebens?«, beantworteten ausgewählte Manager so:

In meiner Arbeit, meiner Aufgabe, im Beruf	53 Prozent
In meiner Familie	20 Prozent
In der Freizeit	11 Prozent
In gesellschaftlichen, also der Allgemeinheit dienenden Tätigkeiten	5 Prozent
Keine Angaben	11 Prozent

Die dreifache Olympiasiegerin Wilma Rudolph

Nur 11 Prozent der Manager, Personen, die also bereits ein gutes berufliches Ansehen genießen und überdurchschnittlich verdienen, sehen die zentralen Interessen ihres Lebens in der Freizeit, obwohl sie bereits genug erreicht hätten, um die Freizeit unbeschwert genießen zu können. Der »Wille zur Macht« treibt sie immer weiter vorwärts, denn sie begegnen täglich Personen, die noch erfolgreicher und mächtiger sind als sie. Deshalb findet ihre Kompensation durch Berufsleistung nie eine volle Befriedigung.

Der Versuch, Minderwertigkeitsgefühle durch Sport- oder Berufsleistung zu kompensieren, also auf diese Weise Selbstheilung zu betreiben, ist meist zum Scheitern verurteilt. Die innerlich erlebte Schwäche ist zwar der Motor für stattliche Leistungen, aber die Minderwertigkeitsgefühle können dadurch nicht zum Verschwinden gebracht werden. In den seltensten Fällen gelingt es, nach der Kompensationsleistung die Schwäche zu akzeptieren. Und erst dann hätte die Seele ihren Frieden gefunden.

Solange die Schwäche nicht akzeptiert werden kann, kommt es häufig früher oder später zu neuen Erlebnissen der Minderwertigkeit. Die Sportler brechen zusammen, weil sie sich überfordern. Der Leistungsstreß steht ihnen im Gesicht.

Und die ehrgeizigen, streßgereizten Angestellten nehmen sich im schlimmsten Fall sogar das Leben; nach einer Schätzung des Psychotherapeuten Dr. Hellmut Sopp sollen es in den Jahren 1968 bis 1973 in Deutschland 500 gutbezahlte Manager gewesen sein. Der Nervenarzt Dr. Walther Birkmayer diagnostizierte aus dem noch relativ gemütlichen Wien: »Die Leistungsgesellschaft ist mörderisch geworden; selbstmörderisch.«

Ehemalige Spitzensportler Bodo Tümmler, Jürgen May: Die Anstrengung steht ihnen im Gesicht

Drittes Modell: Die Schichten der Persönlichkeit

Die Struktur der Persönlichkeit wurde von dem Psychologen Erich Rothacker als ein Schichtenmodell dargestellt. Die Reaktionen und Verhaltensweisen eines jeden Menschen werden von sechs seelischen Schichten beeinflußt und gesteuert. Die Schichten liegen nicht beziehungslos übereinander, sondern die jeweils höhere Schicht steuert und beeinflußt die unter ihr liegenden Schichten. Es besteht ein enges lebendiges Kräfteverhältnis zwischen den höheren und den niederen seelischen Bereichen.

Rothacker stützt seine Theorie auf Ergebnisse biologischer, anatomischer, hirnpathologischer, entwicklungs- und völkerpsychologischer Forschungen. Er unterscheidet zwei große Bereiche innerhalb der Persönlichkeit: die Es-Schicht und die Personenschicht. Die Es-Schicht wird auch als »Tiefenperson« bezeichnet und die Personenschicht auch als Ich-Schicht. Die Es-Schicht umfaßt

- die beseelte Tiefenperson,
- das animalische Es,
- die Vitalschicht.

Die beiden Hauptschichten der Person nach dem Modell von Erich Rothacker:

Im obersten Funktionsbereich der Personenschicht befindet sich ein System von Erfahrungen, das vom bewußten Ich geschaffen wurde, um die Regungen der tieferen Schichten zu steuern.

Innerhalb der Es-Schicht gibt es verschiedene selbständige seelische Schichten.

Die sechs Schichten der Person

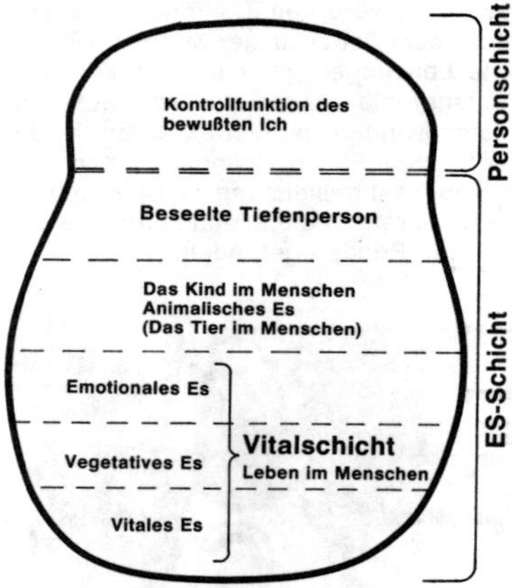

Die Vitalschicht

Sie umfaßt die untersten drei Schichten der Persönlichkeit. Hier wurzelt das Lebendige mit primitiven Steuerungsmechanismen. Die Triebe, Instinkte und Stimmungen sind der Kern der Vitalschicht. Empfindungen wie Furcht, Ekel, Zorn, Ärger, Sympathie, Hunger, Machtstreben und viele andere entstammen nach Rothackers Meinung dieser Schicht. Auch die Vorgänge beim Flirten sind elementare Reaktionen, die in der Vitalschicht wurzeln.

Das animalische Es

In Rußland sagt man treffend: »Es wird zornig in mir.« Der Zorn, der der Vitalschicht entstammt, äußert sich in der Schicht des animalischen Es. In dieser Schicht, die Rothacker auch als das »Tier im Menschen« bezeichnet, reagiert nicht das Ich, sondern das Animalische. Die Reaktionen laufen nach eigenen, autonomen Gesetzen ab.

Die Leistung des animalischen Es in Gesprächssituationen: Feine Bewegungen des Gesprächspartners, die bewußt kaum wahrzunehmen sind, werden trotzdem unbewußt richtig aufgefaßt. Die meisten Handlungen sind von solchen Bewegungen durchsetzt, die nicht bewußt sind, nie bewußt werden und auch gar nicht bewußt werden sollen.

Der Mensch lebt hauptsächlich aus dem animalischen Es, und nur selten werden kurze Phasen mit voller Bewußtheit wahrgenommen.

Eng verbunden mit dem Bereich des Tieres im Menschen ist innerhalb des animalischen Es die Schicht des »Kindes im Menschen«, die sich beim Erwachsenen beispielsweise in zahlreichen Arten der Spielfreude zeigt.

Die beseelte Tiefenperson

Sie ist die höchste Schicht innerhalb der Tiefenperson. Die Regungen der Liebe, die schon eine höhere Form des Bewußtseins voraussetzen, entspringen der beseelten Tiefenperson. Weitere Regungen aus dieser Schicht sind Freude, Heiterkeit, Lustigkeit, Traurigkeit, Hoffnung und Verzweiflung.

Die Personschicht

In der Personschicht (oder Ich-Schicht) erhalten die menschlichen Fähigkeiten sprachlicher, intellektueller, moralischer, künstlerischer und religiöser Art ihre Ausdifferenzierung. Die Personschicht ist die oberste Kontrollinstanz. Das Ich reagiert in diesem Bereich hellwach.

Das Ich der Personschicht (oder, wie Rothacker sagt, die Ich-Funktion) tritt nur dann in Erscheinung, wenn die tieferen Instanzen mit einer Sache nicht fertig werden. Meist jedoch funktionieren die unteren fünf Schichten auch ohne Steuerung durch die Personschicht selbständig und sinnvoll.

Viertes Modell: Die dynamische Eigenschaftsstruktur

Jeder besitzt eine individuelle, für ihn typische Struktur von Merkmalen und Eigenschaften, die Persönlichkeitsstruktur. Als Eigenschaft oder Merkmal gilt im folgenden System alles, was eine Person charakterisiert, also zum Beispiel auch der Sexualtrieb oder das Streben nach politischer Macht. Die menschlichen Merkmale können in vier Bereiche eingeteilt werden:

- Leistungsfähigkeit,
- Kontakt,
- Motive,
- Werterhaltungen.

Die geistigen Leistungsmerkmale sind unter anderem Intelligenz, Kreativität, Gedächtnis, Begabung oder Talente und Konzentrationsfähigkeit. Kontakteigenschaften sind: Kontaktbereitschaft, Verhandlungsgeschick, soziales Einfühlungsvermögen, Toleranz, Menschenkenntnis, Diplomatie und Anpassungsfähigkeit.

Von besonderer Wichtigkeit für die seelische Gesundheit sind die Motive: Leistungsmotivation, Sexualtrieb, Entfaltungsdrang, Genuß- und Geltungsstreben, Interessen, Mut und Optimismus. Die Werthaltungen orientieren sich an folgenden Wertgebieten: Theorie, Ökonomie, Ästhetik, soziale Ethik, politische Macht und Religion. Weil die Werterhaltungen das Verhalten einer Person beeinflussen, kann man sie im weiteren

Sinn auch als Eigenschaft oder Merkmale sehen.

Die vier Bereiche stehen miteinander in Verbindung: sie können nicht isoliert existieren.

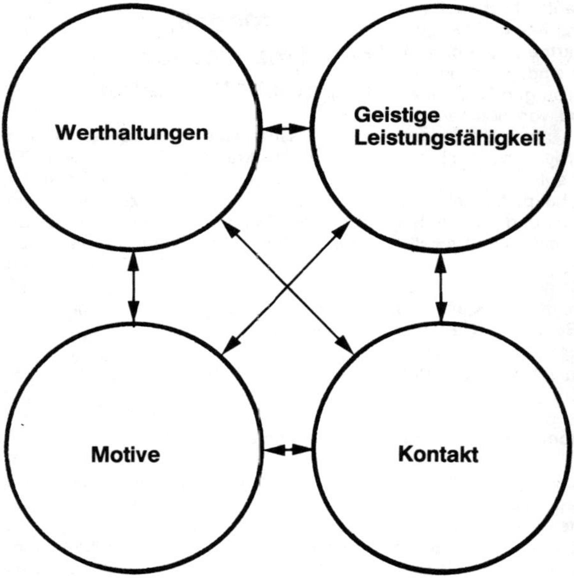

Alle Eigenschaften dieses Systems sind gleich wichtig. Ihre besondere Bedeutung erhalten sie von den Werthaltungen der jeweiligen Gesellschaft und ihren spezifischen Moralvorstellungen.

Die Struktur der Eigenschaften und Merkmale

Es handelt sich um ein grafisches Modell zur Darstellung der Wirklichkeit und nicht um die Wirklichkeit selbst, denn die ist viel komplizierter und vielfältiger.

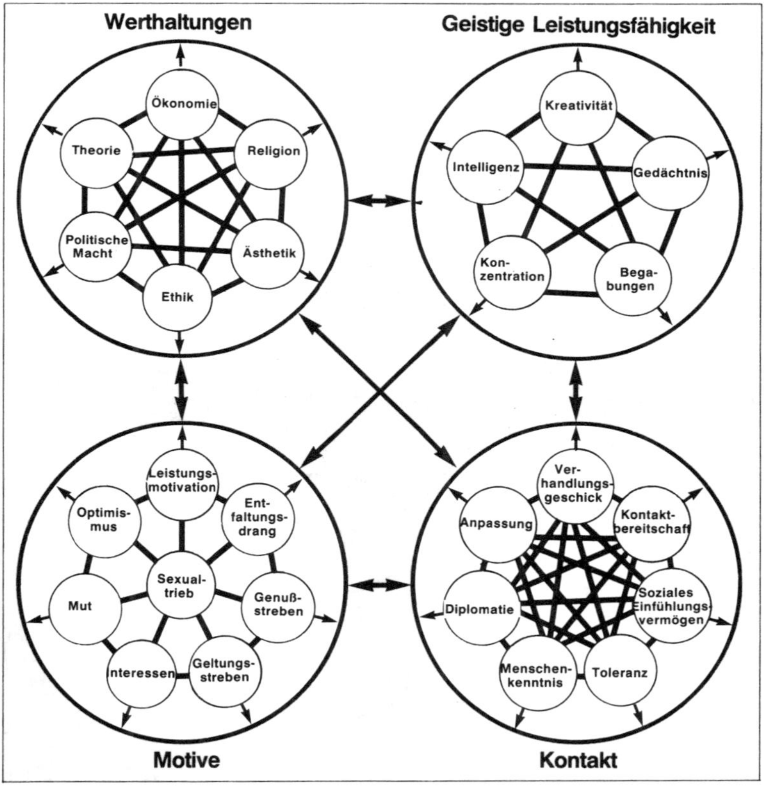

Strukturmodell der Merkmale und Eigenschaften

Die einzelnen Eigenschaften und Merkmale können natürlich noch genauer differenziert werden. Im Bereich der geistigen Leistungsfähigkeit bestehen zum Beispiel folgende Zusammenhänge:

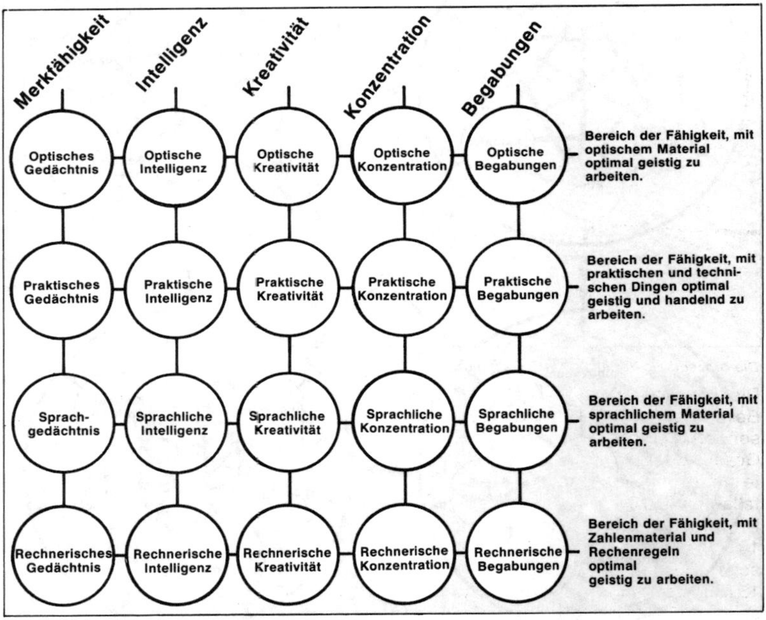

Struktur im Bereich der geistigen Leistungsfähigkeit

Dieses Schema soll genügen, um die Kompliziertheit des seelischen Gefüges zu illustrieren. Das Schema ist natürlich kein statisches Schaltbrett, wie die Grafik vielleicht vortäuscht, sondern ein dynamisches Gefüge. Jede Eigenschaft ist stark oder schwach ausgeprägt. Der Ausprägungsgrad kann mit psychologischen Tests gemessen werden.

Die prozentuale Verteilung von Eigenschaften

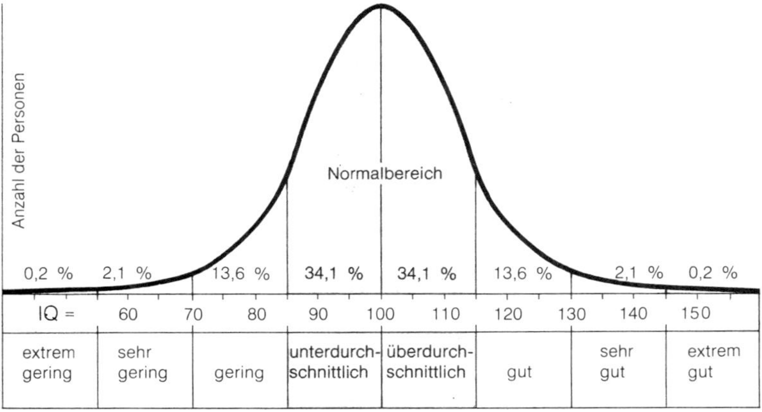

Die prozentuale Verteilung der Intelligenz

Die Intelligenz zum Beispiel ist unter der Bevölkerung nicht gleichmäßig verteilt, sondern tritt nach einem interessanten Gesetz auf. Es gibt wenig sehr intelligente Leute (etwa 0,2 Prozent) und gleichfalls wenig extrem dumme (auch etwa 0,2 Prozent). In der Bevölkerung leben etwa 13,6 Prozent gering Intelligente (IQ zwischen 70 und 85) und gleichfalls etwa 13,6 Prozent gut Intelligente (IQ zwischen 115 und 130). Durchschnittlich intelligent sind etwa 68,2 Prozent der Bevölkerung. Man nennt diese symmetrische Verteilung Normalverteilung. Die Grafik zeigt anschaulich, wie die Intelligenz in Europa und Amerika prozentual unter der Bevölkerung verteilt ist. Nach diesem Prinzip treten höchstwahrscheinlich auch die anderen Eigenschaften und Merkmale auf. Sie sind in der Bevölkerung gering, durchschnittlich oder stark ausgeprägt.

Wenn man einen Menschen kennen will, muß man seine Eigenschaftsstruktur kennen. Sie kann mit der Grafik von Seite 115 gut dargestellt werden.

Die Eigenschaftsstruktur eines Managers in der Industrie

Die Merkmale, die in den grauen Kreisen stehen, sind stärker, diejenigen, die in den weißen Kreisen stehen, dagegen schwächer ausgeprägt. Bei der Illustration handelt es sich um ein individuelles Beispiel. Es soll nicht etwa demonstrieren, daß jeder Manager diese Eigenschaftsstruktur besitzt.

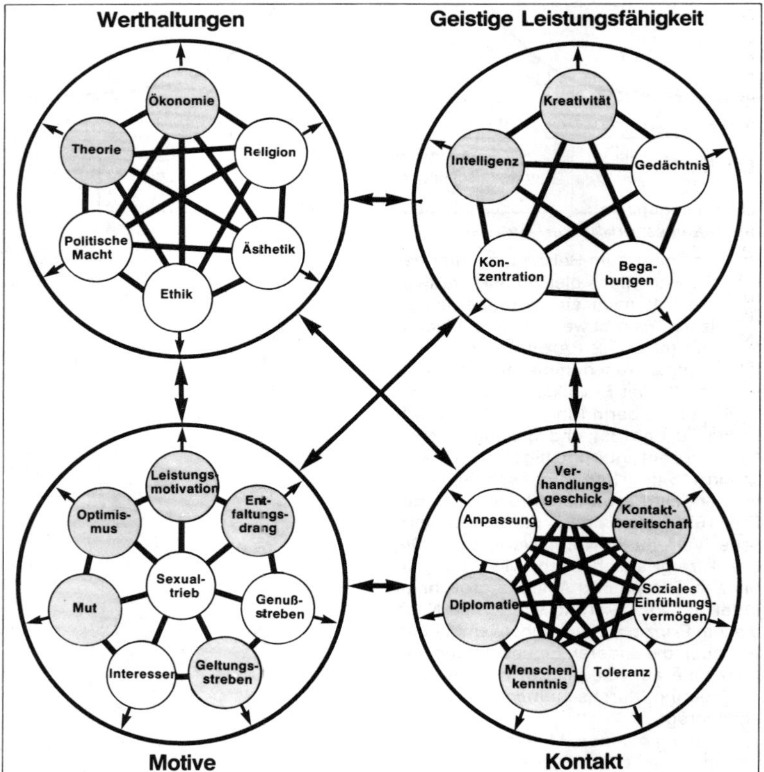

Eigenschaftsstruktur eines Industrie-Managers

Die Eigenschaften entstehen im Laufe der Entwicklung eines Menschen. Sie bilden sich in Lernvorgängen. Es gibt zwei entscheidende Faktoren, die den Entwicklungsprozeß und die Ausreifung einer Eigenschaft beeinflussen: Lob, Anerkennung und Erfolgserlebnisse wirken fördernd, Tadel und Mißerfolgserlebnisse dagegen hemmend.

Auf den folgenden Seiten werden zwei interessante Eigenschaften (Intelligenz und Aggression) dargestellt und die Gründe für ihren unterschiedlichen Ausprägungsgrad beschrieben. Ein guter Menschenkenner sollte wissen, wie diese Eigenschaften entstehen, damit er ein besseres Verständnis für das Verhalten seiner Mitmenschen bekommt.

Die Entstehung von Intelligenz

Die Intelligenz entwickelt sich viel früher, als man bisher dachte. Der Psychologe B. S. Bloom stellte schon 1964 fest, daß bei den Vierjährigen bereits 50 Prozent und bei den Achtjährigen 80 Prozent ihrer späteren Intelligenz entwickelt sind. Nur die restlichen 20 Prozent reifen erst später, also nach dem achten Lebensjahr, aus.

So früh entwickelt sich die Intelligenz

Alter	Intelligenz im Vergleich zu Siebzehnjährigen
4 Jahre	50%
8 Jahre	80%
17 Jahre	100%

Die Tabelle zeigt, wie entscheidend die frühe Förderung der Intelligenz ist. Aber geistige Impulse allein genügen nicht. Wichtig sind auch Eigenschaften wie Ehrgeiz, Ausdauer, Leistungsmotivation, Lernenergie und emotionales Gleichgewicht. Diese Eigenschaften sind für den Schul- und Lebenserfolg wesentlicher als ein hoher Intelligenz-Quotient (IQ).

Viele Psychologen behaupten, daß Intelligenz in hohem Maße angeboren und erbbedingt ist. Dummheit ist für sie also Schicksal. Auch der Psychologe H. J. Eysenck gehört zu den Verfechtern der Erbtheorie. Er schrieb im Jahre 1972: »Es scheint so zu sein, daß von den Faktoren, die zu den individuellen Unterschieden in der Intelligenz beitragen, ungefähr 80 Prozent erblich sind, 20 Prozent umweltbedingt; mit anderen Worten, die Erbmasse ist viermal bedeutender als der Einfluß der Umwelt.«

Eysenck sagt zwar, daß es sich um eine Vermutung handelt; aber trotzdem werden viele Personen dieser Vermutung Glauben schenken, weil sie von einer anerkannten Kapazität ausgesprochen wird. Das hat wichtige Konsequenzen für das Verhalten von Eltern, Pädagogen und Politikern. Der Vererbungsglaube dient als Argument für ein ungerechtes, deklassierendes Schulsystem. Die »Klugen« dürfen aufs Gymnasium, die »Dummen« nicht. Die Vererbungstheorie führt zum Bildungspessimismus nach dem Motto: »Da nützt auch keine optimale Ausbildung etwas; dumm bleibt dumm, das ist ja vererbt, deshalb kann man da nichts machen.«

Kinder, über die dieses Urteil gefällt wird, sind in unserer Leistungsgesellschaft schwer gehandikapt. Sie müssen auf der Hauptschule bleiben und können nur noch über den mühsamen streßbeladenen zweiten Bildungsweg zu einer besseren Ausbildung kommen. Nur wenige bringen genügend Energie auf, um später noch zu beweisen, daß sie die »Dummheit« nicht geerbt haben.

Von wenigen Ausnahmen abgesehen (die Ausnahmen sind unter anderem organische Hirnschäden durch Entzündungen, Vergiftungen, Sauerstoffmangel oder Druck vor, während und nach der Geburt), bringen alle Menschen das gleiche geistige Rüstzeug für den Entwicklungsprozeß der Intelligenz mit. Theoretisch müßten also alle seelisch und körperlich gesunden Menschen den gleichen IQ haben. Das ist jedoch in Wirklichkeit nicht der Fall, wie die »Normalverteilung« auf Seite 117 zeigt, weil die Intelligenzentwicklung bei jedem Menschen anders (mehr oder weniger) gefördert wird.

Der Amerikaner J. Mc V. Hunt glaubt beispielsweise, daß die allgemeine Intelligenz der Menschen um etwa dreißig IQ-Punkte angehoben werden könnte – durch eine günstigere Gestaltung der frühkindlichen Umwelterfahrungen und Lernimpulse.

Genauso wie die Intelligenz entwickeln und entfalten sich auch die anderen menschlichen Eigenschaften wie zum Beispiel Kontaktbereitschaft, soziales Einfühlungsvermögen, Toleranz, Diplomatie, Aggression, um nur einen kleinen, aber wichtigen Ausschnitt von Eigenschaften zu nennen. Sie werden gelernt und können von der Umwelt gefördert und angeregt werden.

Die Entstehung von Aggression

Als Menschenkenner sollten Sie wissen, wie Eigenschaften entstehen. Sie bilden sich im Laufe der Entwicklung durch die Einflüsse der Umwelt. Je nach der Art der Einflüsse im Leben eines Menschen prägt sich eine Eigenschaft stark oder schwach aus. Deshalb können Sie das Verhalten eines Menschen nur verstehen, wenn Sie seine Lebensgeschichte kennen.

Besonders interessant ist die Entstehung der Aggression. Viele Wissenschaftler glauben, daß sie zum Wesen des Menschen gehört, daß sie ein Trieb ist, mit dem der Mensch leben muß. Um

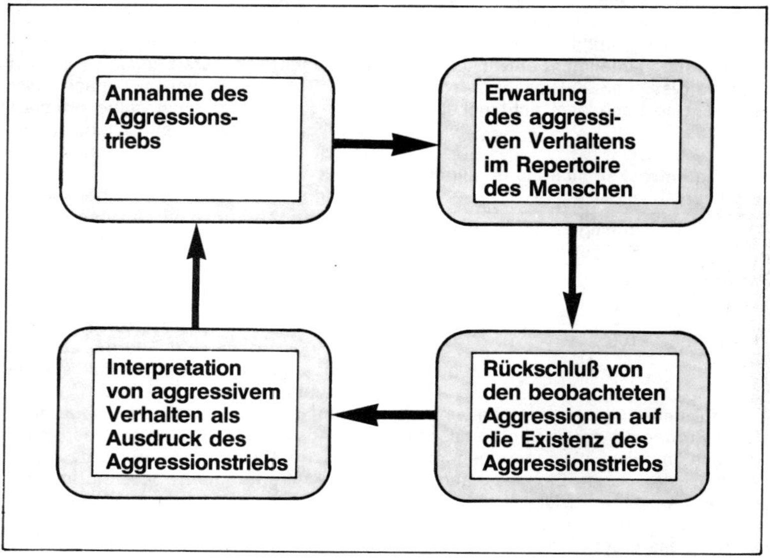

das zu beweisen, argumentieren sie jedoch mit einem Zirkelschluß.

Dieser Zirkelschluß ist nicht berechtigt. Es gibt viele Gründe dafür, daß aggressives Verhalten kein angeborener Trieb ist (siehe auch Seite 104), sondern gelernt wird wie jede andere menschliche Eigenschaft auch.

Das Prinzip von Erfolg und Mißerfolg

Aggressivität wird nach folgendem Prinzip gelernt: *Verhalten, das Erfolg bringt, wird wiederholt, Mißerfolge werden vermieden.*

Primäre Antriebe für die Aggressivität sind Hunger und Durst. Daneben existieren in unserer Zivilisation die wichtigeren, sekundären Motivationen: Streben nach Macht, Geltung und Besitz. Die Aggressivität wird als ein Mittel eingesetzt, um die gewünschten egoistischen Zwekke zu erreichen.

Aggressives Verhalten führt oft zum Erfolg. Jedes Mittel, das zum Erfolg führt, wird aber in Zukunft häufiger eingesetzt. Dazu Wilfried Belschner in dem Buch »Zur Aggression verdammt?«: »Vermeidet eine Person prosoziale Verhaltenstendenzen und Verhaltenstypen und ist sie mit der aggressiven Erfolgserwartung und entsprechenden Verhaltensweisen erfolgreich, so werden diese bestätigt und bestärkt. Diese Person wird wahrscheinlich nie nachprüfen, ob sich durch die Anwendung einer prosozialen Verhaltenstendenz und Verhaltensweise ebenfalls ein Erfolg eingestellt hätte.« Die Aggression ist deshalb so häufig und verbreitet, weil ihre Wirkung für alle Beteiligten deutlich und sichtbar ist. Die Sozialpsychologen Baer, Harris, Patter-

Prügelnde Eltern steigern die Aggressivität ihres Kindes

son und Ebner konnten nachweisen, daß Jugendliche in Heimen durch antisoziales Verhalten mehr Aufmerksamkeit bei Kameraden auf sich ziehen als durch Anpassung.

Aggressionen entstehen nach dem Prinzip der Nachahmung und Identifikation

Aggressives Verhalten wird auch nach dem Prinzip der Nachahmung eines Vorbildes gelernt. Wichtige Identifikationspersonen sind Eltern, Freunde, Lehrer, Chefs, Comic- und Filmhelden.

Nach einer Untersuchung der amerikanischen Regierung nahm die Zahl der Fernsehsendungen mit gewalttätigem Inhalt zwischen 1954 und 1963 um 300 Prozent zu. Es ist eigenartig, daß die Massenmedien zeigen dürfen, wie ein Filmheld, mit dem sich viele identifizieren, einen Menschen zusammenschlägt oder tötet. Aber der unbekleidete menschliche Körper gilt als obszön, und gegen seine Abbildung wird von Zuschauern und Behörden protestiert.

Eine Untersuchung von P. Schönbach über die Auswirkungen eines James-Bond- und Mary-Poppins-Films zeigte, daß die Tendenz zu aggressiven Reaktionen nach dem James-Bond-Film stieg, aber durch den Mary-Poppins-Film auf dem Ausgangsniveau blieb.

Die Vermutung, daß aggressive Vorbilder in Film und Fernsehen das aggressive Verhalten anregen und fördern, ist mit hoher Wahrscheinlichkeit zutreffend. Es sollten also die Aggressionen vom Schirm verbannt werden (und nicht der nackte Körper).

Auch viele Eltern tragen dazu bei, die Aggressivität ihres Kindes zu fördern, wenn sie ihre Kinder schlagen. Das Kind erfährt auf diese Weise am eigenen Leib, daß mit Schlägen ein großer Effekt erzielt werden kann. Untersuchungen haben gezeigt, daß Kinder im Kindergarten um so aggressiver sind, je strenger sie von ihrer Mutter wegen aggressiven Verhaltens bestraft wurden.

Diesen Bumerang-Effekt der strengen Erziehung (mit körperlicher Bestrafung) zeigt auch der Vergleich von Straffälligen und Personen, die mit dem Gesetz nicht in Konflikt kamen. 67,8 Prozent Straffällige gaben an, daß sie vom Vater körperlich bestraft wurden, bei den Nichtdelinquenten waren es dagegen nur 34,7 Prozent.

Prügel ist also ein sehr schlechtes Erziehungsmittel, weil das erlebte aggressive Modell zur Nachahmung verführt. Aggression erzeugt weitere Aggression.

Wenn Sie einem aggressiven Menschen begegnen, wissen Sie jetzt, daß er seine Aggressivität gelernt hat. Meist wird sein aggressives Verhalten von spezifischen Situationen ausgelöst. Als guter Menschenkenner sollten Sie versuchen, die Signalreize für seine Aggressionen im Gesprach zu erforschen. Erst dann können Sie ihn verstehen und ihm in der richtigen Weise begegnen.

Kommentiertes Literaturverzeichnis

Die folgenden drei Fachbücher sind für eine weiterführende Lektüre besonders interessant, deshalb werden sie etwas ausführlicher kommentiert.

»Liebe und Haß«
von Irenäus Eibl-Eibesfeld

Der Verhaltensforscher Eibl-Eibesfeldt beschreibt in diesem Buch elementare tierische und menschliche Verhaltensweisen. Die zentralen Themen sind aggressive Impulse und die Neigung des Menschen zur Geselligkeit und zum mitmenschlichen Beistand. Das Buch ist leicht verständlich geschrieben und übersichtlich gegliedert. Das Wissen von den elementaren menschlichen Verhaltensweisen ist eine gute Grundlage für die Verbesserung der Menschenkenntnis.

»Gesicht und Seele«
von Philipp Lersch

Der Psychologe Philipp Lersch hat mit diesem Buch ein Standardwerk der Ausdruckskunde geschrieben. Es stellte die Grundlagen der Wissenschaft von der Mimik dar. Das Buch erschien 1931 zum ersten Mal im Münchener Ernst-Reinhardt-Verlag. Die Forschungsergebnisse von Lersch sind mit 191 kleinen Fotos im Anhang belegt. Wer die Grundlagen der Mimik intensiver studieren will, sollte dieses Fachbuch unbedingt lesen.

»Kleine Charakterkunde«
von Hubert Rohracher

Der österreichische Psychologe Hubert Rohracher gibt in diesem Buch eine detaillierte Darstellung über die Charakter- und Persönlichkeitsforschung. Er erklärt die einzelnen Typologien von E. Kretschmer, E. R. Jaensch, C. G. Jung, L. Klages und E. Spranger. Auch die Entwicklung der Persönlichkeit und verschiedene Persönlichkeits-Theorien werden in ihrer Problematik dargestellt. Das Buch von Rohracher eignet sich für Leser, die sich besonders für viele wissenschaftliche Informationen interessieren.

Literaturverzeichnis

ADLER, A.: *Menschenkenntnis.* Frankfurt 1983.

BERNE, E.: *Sprechstunden für die Seele.* Reinbek 1972.

BIRDWHISTELL, R. L.: *Introduction to Kinesics.* Louisville 1952.

BLUMENTHAL, E.: *Wege zur Inneren Freiheit.* Luzern 1981.

DIETRICH, K.: *Intelligenz läßt sich lernen.* Stuttgart 1973.

EHWALD, U., und LAUSTER, P.: *Signale in der Schrift.* Oldenburg 1971.

EIBL-EIBESFELDT, I.: *Liebe und Haß.* München 1982.

ESSEN, O. v.: *Grundbegriffe der Phonetik.* Berlin 1975.

EYSENCK, H. J.: *Intelligenz-Test.* Reinbek 1974.

FÄHRMANN, R.: *Die Deutung des Sprechausdrucks.* Bonn 1966.

FAST, J.: *Körpersprache.* Hamburg 1979.

FISCHER, R.: *Über die Geräuschhaftigkeit im Ausdruck der Sprechstimme.* Heidelberg 1960.

FREUD, A.: *Das Ich und die Abwehrmechanismen.* Frankfurt 1977.

FREUD, S.: *Drei Abhandlungen zur Sexualtheorie.* Frankfurt 1983.

HANDBUCH DER PSYCHOLOGIE: *Ausdruckspsychologie.* 5. Band. Göttingen 1972.

HERLAND, L.: *Gesicht und Charakter.* Zürich.

KLAGES, L.: *Grundlegung der Wissenschaft vom Ausdruck.* Bonn 1982.

KLOSS, G.: *Grundriß der Psychiatrie und Neurologie.* München 1972.

KÜNKEL, F.: *Die Arbeit am Charakter.* Konstanz 1980.

LAGACHE, D.: *Psychoanalyse.* München 1971.

LANGE, F.: *Die Sprache des menschlichen Antlitzes.* München 1939.

LAUSTER, P.: *Begabungstests.* Stuttgart 1970.

LAUSTER, P.: *Lassen Sie sich nichts gefallen.* Düsseldorf und Wien 1976.

LAUSTER, P.: *Lassen Sie der Seele Flügel wachsen.* Düsseldorf und Wien 1978.

LAUSTER, P.: *Die Liebe.* Düsseldorf und Wien 1980.

LAUSTER, P.: *Lebenskunst.* Düsseldorf und Wien 1982.

LAUSTER, P.: *Wege zur Gelassenheit.* Düsseldorf und Wien 1984.

LERSCH, PH.: *Gesicht und Seele.* München 1971.

LORENZ, K.: *Ganzheit und Teil in der tierischen und menschlichen Gemeinschaft.* 1950.

LORENZ, K.: *Das sogenannte Böse.* Wien 1974.

MOORE, R.: *Die Evolution.* Amsterdam 1969.

NEWMAN, K. M.: *Experimentelle Untersuchung über das Verhältnis der phänomental beurteilten Sprechgeschwindigkeit zur physikalisch gemessenen Sprechgeschwindigkeit.* Heidelberg 1957.

PULVER, M.: *Symbolik in der Handschrift.* Zürich, Leipzig 1940.

ROHRACHER, H.: *Charakterkunde.* München und Wien 1975.

ROTHACKER, E.: *Die Schichten der Persönlichkeit.* Bonn 1969.

SELG, H.: *Zur Aggression verdammt?* Stuttgart 1982.

TROJAN, F.: *Der Ausdruck von Stimme und Sprache.* Wien und Düsseldorf 1952.

Bildquellen

Arkana Verlag, Ulm, S. 71
Axel Arens, München, S. 19, 20, 21
Bavaria Verlag, Gauting, S. 100
Bildarchiv für Medizin, München, S. 85
Bunte-Sonderdruck: »Sind Sie ein guter Menschenkenner?«, Offenburg, S. 60
J. H. Darchinger, Bonn, S. 58
Deutsche Presse Agentur, Frankfurt, S. 42, 62, 63, 91, 104, 109
Deutsche Verlags-Anstalt, Stuttgart, S. 90
Walt Disney Productions, Frankfurt, S. 26
Prof. Eibl-Eibesfeldt, aus »Liebe und Haß«, R. Piper Verlag, München, S. 12, 13, 14, 15, 16, 17, 18, 24, 27, 61, 62, 63
Gruner & Jahr, München, 1972, S. 13
Fotoagentur Hartung, Saarbrücken, S. 56 unten rechts
Historia Foto, Bad Sachsa, S. 89
Horstmüller, Düsseldorf, S. 110, 111
Thomas Kortmann, Hamburg, S. 55
Bernd Kortner, Coburg, S. 101
Prof. Konrad Lorenz, Seewiesen, S. 25
Wolf D. Prange, Köln, S. 57
Ingo Röhrbein, Hamburg, S. 59 unten links
Richard Schulze-Vorberg, Bonn, S. 56 oben
J. Schumacher, Hamburg, S. 38, 39
Werner Schüring, Bonn, S. 59 unten rechts
Presseagentur Sven Simon, Köln, S. 59 oben
Staatsbibliothek Berlin, S. 91
Stalling Verlag, Oldenburg, S. 71
Stark-Otto, Berlin, S. 121
Teamfoto, München, S. 91
Ullstein Bilderdienst, Berlin, S. 105
Urban & Schwarzenberg, Wien, 1969, aus H. Rohracher, »Kleine Charakterkunde«, S. 29, 30
Agentur Wilkens, Hamburg, S. 37

Die im ECON Verlag lieferbaren Bücher von Peter Lauster

Berufswahl. Interessenfindung und Information für Ausbildung, Studium und Berufswechsel. 168 Seiten

Das Lauster Lebensbuch. Heilende Gedanken zur Selbstentfaltung und Befreiung. 248 Seiten

Der Begabungstest. Talente selbst entdecken und entfalten. 142 Seiten

Der Sinn des Lebens. 224 Seiten

Die Liebe. Psychologie eines Phänomens. 240 Seiten

Die sieben Irrtümer der Männer. 198 Seiten

Geheimnisse der Liebe. 304 Seiten

Intelligenz. Ein Test- und Trainingsprogramm. 144 Seiten

Lassen Sie der Seele Flügel wachsen. Wege aus der Lebensangst. 304 Seiten

Lassen Sie sich nichts gefallen. Die Kunst, sich durchzusetzen. 304 Seiten

Lebenskunst. Wege zur inneren Freiheit. 320 Seiten

Liebeskummer als Weg der Reifung. 144 Seiten

Menschenkenntnis. 128 Seiten mit über 100 Abbildungen

Selbstbewußtsein. Sensibel bleiben, selbstsicherer werden. 184 Seiten

Selbstfindung. Meditationen zur Entspannung und Loslösung. 112 Seiten

Stärkung des Ich. Die zweite Geburt der Selbstwerdung. 208 Seiten

Statussymbole. Eine Demaskierung der menschlichen Eitelkeiten. 208 Seiten

Über die Liebe. Gespräche, Gedanken, Gefühle. Buch im Schuber, 104 Seiten, mit 32 farbigen Aquarellen, Tonkassette (C 90) mit Geschichten von R. Walser und Analysen von P. Lauster

Wege zur Gelassenheit. Die Kunst, souverän zu werden. 208 Seiten

Nur als Taschenbuch erhältlich: *Sensis.* Sich selbst und andere besser kennenlernen. Ein psychologisches Gesellschaftsspiel. 190 Seiten mit Spielkarten zum Ausschneiden.

Das Wahrheitsspiel, Ein spannendes Gesellschaftsspiel zur Selbsterfahrung. 248 Seiten